新・世界現代詩文庫 14

# ホセ・ワタナベ詩集

Jose Watanabe

細野 豊　星野由美
Yutaka Hosono & Yumi Hoshino
共編訳



土曜美術社出版販売

著者近影

本書の刊行に当たっては、在日ペルー大使館から
刊行費用の一部について補助金をいただきました。心から感謝申し上げます。

La edición de este libro contó con el auspicio de una parte del costo de publicación por la Embajada del Perú en el Japón, por lo cual expresamos nuestro agradecimiento sincero y profundo.

# 新・世界現代詩文庫　14
ペルー日系詩人　ホセ・ワタナベ詩集　目次

## 詩篇

# 詩篇

## 詩選集『氷の番人』（二〇〇〇年）抄

詩集『家族のアルバム』（一九七一年）抄

# 友人たち

アーモンド・アイスクリームの味は今も
ぼくらの喉に残っていて
ロレンソがぼくらの歳月について話す
そして家族の固い殻から抜け出せないまま彼は思いだす、
木の葉が落ちていたときにも時間は過ぎるのだと気づかなかったことを。

ぼくらは職を探さなければならない
彼の恋人はマルサス主義のパンフレットを読んだことがなかったから。

彼女は笑いながら言った、
「窓から飛び降りたほうがましよ。」

彼が言った、
「そんなことをしたらどこまでも落ちていくだけだ。」
だが、いつも午後にはじまる
ぼくらの新たな職探しは
どこかの公園の草のうえで話し合いながら終わる。

今日ぼくらは広告マンのように振るまい、
手の隙間からみんなの写真を撮った、
すると空想の産物のためのテキストが執拗にぼくらの上を飛んだ。

いつか風が指し示すところへ旅に出よう
あるいは、イラストか詩の本を出そう
車輪、煙、木の葉、
手綱を操る両親や亡霊たちが詰まっている本を。

今分かっているのは街を歩いていることだけで
ぼくらは郵便配達夫ですらない。

# ありえないほど滑稽な結果となった悲劇的な詩

わたしの家族に医者はいない
　　司祭もいなければ訪ねてくる者もない
夏の太陽の下で健康的に
みんなが海辺に寝そべる。

数々の薬草がわたしたちの胃の病を治し
宗教は鐘だけで始まり、カナリアたちを不安にさせる。

ここではすべてが感動的な慎ましさで死んだ、
例えば、わたしの父、気の毒なプロメテウス*は
鷲よりも獰猛な癌に静かについばまれた。

いまわたしたちの、
　　だれひとりとして博士でもなく名士でもない

慎ましい種族の中心は、
　時計職人の一族
　最も哀れな公務員の一族
　タクシードライバーの一族
　食堂の主人たちの一族
ときとして、わたしたちは深刻になり、死について自問自答する。

しかし、今日わたしたちは、死そのものである海のざわめきを聞きながらここにいる。

そしてこのざわめきは、川のせせらぎとともにわたしたちを慰める。
その川の岸辺を、わたしたちは無慈悲に蟇蛙《ヒキガエル》を殺しながら歩いた、
とても比喩的な川の石の上で、棒で打ちのめしながら、
　お笑い草だね。

川岸では、ずっと以前からわたしたちの生活を見つめている者はだれひとりなく
ただ、わたしたちだけが
今この夏の下で日焼けしくつろいでいる
　わたしたちの腹の上での

　　　わたしたちの頭上での
いたぶりの飛行を待っているかのように
　　目立ったこととて何もなく
　　　　目立ったこととて何もなく。

＊　プロメテウス　ギリシャ神話に登場するティタン（巨人神族）のひとり。天の火を盗み人間に与えたことから、ゼウスに岩山に鎖でつながれ、毎日鷲に肝臓をついばまれる苦しみを受けた。

## 手

ぼくの父ははるか遠くからやってきた
海をわたり、
　　歩き
　　道を作った
そしてこの両手だけをぼくに残し
艶をなくした柔らかすぎる二つの果物のような
　　自分の手を土に埋めた。

この両手は父の手なのかもしれないと思う
歌麿の版画で燃える
　　雨に濡れた希薄な男の手。

だが人はぼくの手なのだと繰り返し言う
父は人生の
二、三の機会をつかまえて
　　彼の手を増やした
あるいは彼はその静まった胸の上を
他人の手がはい回るのを望まなかったのだ。

この両手で少しばかり
　　父を埋めるのだと理解するのは
そしてはるか遠くからの彼の到着を
　　彼がぼくの髪の上で形づくることを知っていた優しさを
　埋めるのだと理解するのは容易なことだ。
彼はどんな土地からのどんな風をも捕らえる手を
　　　持っていたのだから。

# 羽振りのよい兄への酷評

羽振りのよいぼくの兄は
ベルサイユ風のソファに身を沈め
ゆっくりと
　楽しむ象のように昼寝の体勢に入る。

水槽の偽りの深さの中に海を見て
商取引であるかのように午後を組織する。
ぼくは彼の目を通して見ようとひそかに近づき
富の車輪が回るのを聞き
ぼくらの知らなかった海が
鏡に変わったと
　巻き貝が言うのを聞くだけだ。

重厚な空気、太い塔の空気が彼を包み

親類や一般大衆の目前で
ぼくは虫けらにすぎない。

ときどきぼくは父のことを思う
空《から》の瓶から酒を飲みながら
霧の中でぼくらみんなを待っている父、
たしかに喜び
たしかに酒を一杯飲ませてくれる
ぼくが小切手帳を持たずに行ったとしても
みんなの中で一番うちひしがれていても。

詩集『言葉の紡錘』（一九八九年）抄

# 狩猟のための魔法の歌
（作者不明のエスキモーの歌をもとに）

レーナ、
相変わらずきみは、脚がすらりとしていて物静かだ。
きみに言おう、
きみにはもう分かっているね、ぼくの手がきみの体を愛でていることを。
待ってくれ。ぼくはまだはっきり決めていないのだ、
いまだにぼくの失われた神経は揺れている。
この雪の山の陰で
ぼくは何時間もきみをじっと見つめていた
ぼくの矢よりも先に
ぼくの目が
きみの心臓の中に、餌物となりたい願いを沈めた。

風向きが変わり、ぼくの人間の匂いが
きみの群れを逃げさせるとしても
きみがすらりとした脚で、そこにいるだろうことは分かっている。

ほら、ぼくの体は今や立ち上がり、集中し、
自然体になる、

苦もなく弓を張り、矢を番える。
きみは傷つき大きく跳んだ
ひとはきみを翼のある動物だと勘違いするだろう
そしてきみはぼくらと空の間で動物として死ぬだろう。
だから歌おう、だから言おう。
まもなくぼくは二人になるだろうから。
自分の腕前を確かめる狩人と
きみの死の美しさを
言葉で称える悔悟者に。

さあ、ゆっくりと舞って、心の側面を見せて、
そして満ちたりて来ておくれ、

いつも満ちたりて来ておくれ、ここに、
　　　　　　　　　　　　ここに。

## 蟷螂《カマキリ》

ぼくの疲れた視線が日の光で青みがかった森から
ぼくの目の五十センチ先で動かずにいた蟷螂まで後退った。
ぼくはチャンチャマヨ川の岸辺の熱い石の上で寝そべっていた
蟷螂は乾いた小枝や棒に成りすましていると信じ込み、
悔い改めた手をして、そこに屈みこんでいた。
ぼくはそいつを捕まえて一つの目がぼくらを見つけてしまうことを教えたかったのだが、
ぼくの指の間で上品で壊れやすい殻のように崩れてしまった。

たまたま手にした百科辞典には、ぼくが今壊したのは
雄の抜け殻だと
　　　説明してあった。
その百科辞典は当然のこととして、いきさつを述べている。

雄は小さな石の上で、歌いながら体を揺すり、
雌を呼ぶ
すると雌が素早く準備して
雄の側に
　　　　　　　　　　現れる。
永く続く蟷螂の交尾だ。
接吻するとき
雌は長い筒状の舌を雄の腹まで差し入れ
舌から酸性の苛性唾液を滴らせる。
唾液は雄の最も遠い内部の
入り組んだ器官と組織を溶かし、雄を喜ばせ
喜ばせながら舌が雄を吸い取り
脚または脳のエキスの究極の滴を行き渡らせる、
こうして雄は交尾の極限の精神分裂のまま
　　　　　　ついに死ぬ。
そして雄の殻を見ながら雌は飛び立つ、雌の舌は再び小さくなる。
どんな百科事典も推測しない。雌もまたどんな最後の言葉が

雄の開かれ死んでいる口の中に永遠に留まるのか
推測しない。
ぼくらはそれが感謝の言葉である可能性を否定してはならはない。

## なくなってしまったぼくの神話

毛を刈る人たちが羊たちを抑えこみ
脚を縛り
はさみで雲の汚れのない暗喩を
刈る。
突然やせて不格好になった羊たちは
恥ずかしそうに
とても恥ずかしそうに
寄り集まり
いま首には悲しみを呑みこむのがすけて見える。
だがここでは時が回帰する。 時が

石の中に螺旋状の穴をうがち
　そこで眠り
　　目覚めるのだと
そして羊と
　暗喩がやって来て生まれかわるのだと
　　神話は語る。

ぼくはぼくを取りまくものについて考える。
季節ごとに生まれかわるものなど何もない。
永遠の回帰という神話の中へ入るには、まず死ななければならない。
ぼくには即興の神話がない。
　それは彼女だったが、もういない。
時間がその細い顔から華奢な足まで降り
　すべての暗喩を張りつけた。

# 博物館にて

博物館で
ぼくの手が恐ろしいジャガーの背のうえを
ほかの威嚇の形を鎮めるかのように滑ると
マンドリルが同意する、
連れの雌と生まれた子の間で憩いながら、マンドリルが同意する。
おまえの皮とぼくの皮が剝製になっていった、雌のマンドリルよ、
　そして殻の中にしなびた果実のような身体が残った。
　ぼくはいくらでも話せたが、面倒だった。
マンドリルの頭のうえに何年もの間糸くずが落ち
足元には
　　自分と家族の毛が落ちる。
ここではすべてが死んでいて、空気だけが
　　　生きてかすかに巡っているが、
時おりざわめき羽や毛を動かし

つかの間明らかに動いているとぼくらに信じさせる
そこでは肉食の鷲が無防備で美しいだけの駒鳥をむさぼり
あるいはジャガーが雌ガゼルの尻にとびかかる。
だが、風が吹いているだけだった。
そして見つめ主張するのは身勝手な詩人だ。
　　　マンドリルは逃げようとしていた、
　　　窓から、ひとりで、
マンドリルは逃げようとしていた。

## ダンス

ぼくの妻の手が椅子の肘かけのあたりから
力なく滑り落ちた、最後の口づけに
われを忘れて。
ずっと以前に彼女はぼくには死者となっていた。沈黙が
ぼくらに染み込んでいた。言葉は災厄で、墓石の上にある
ぼくらが作った一組の彫像「紳士と淑女」から

ぼくらを目覚めさせた、そして彼女は
川の監視についてのぼくの不注意を
　長々と非難しはじめた。
おお、ぼくらの言葉がぼんやりと恨みや不快感を表す
ヒタンハフォラス[*1]になってしまった終わりなき夜よ、ついに
夜明けの光で、
外は空色になり、ぼくの窓で黄色に変わっていった。
ぼくはほとんど迷信的に運命を信じている。
そしてぼくらの間で
あれこれ定義する一つの出来事を望んでいた。
街路樹のはぐれて不安げな白い根が、
広間に現れたのはそのときだった。
根が二つの墓石を分け、一本の指にある三本の
骨の完璧な骨格の先端のように、ごつごつと不気味に
　突き出ていた
それはぼくの妻（ポサーダの版画からやってきたにちがいない幻）と
最後に
ダンスしようと

ぼくの家までやっとのことで地面を掘ってきたのだ。
根は
運命だった
あるいは、だれもが家の中で出くわす
　三、四本の骨だった。
実際に、ぼくは完璧な骨格を
　見なかったのだが、
その骨格とともにいる彼女を想像することでぼくも（カルカンチャも）[*2]一年楽しめる。
むき出しになり剥されていった柔らかい物体のうえを
ダンスしながら、滑りながら。

＊1　ヒタンハフォラス（Jitanjaforas）　意味を持たない造語のことで、詩に使われ、音の響きが重視される。最初にヒタンハフォラスを用いて詩作したのは、キューバの詩人マリアノ・ブルル（一八九一―一九五六）で、アルフォンソ・レイエス、ニコラス・ギリェン等もこの手法による詩作を行った。
＊2　カルカンチャ（Carcanha）　死に親しみを込めた「骸骨」の婉曲的表現。

# 鯨（離婚者の暗喩）

海の浅瀬に打ち上げられた一匹の鯨がいるという。
さあ、見にいこう。
ぼくらの小さく放縦な意志が
　その黒い何トンもの威圧に耐えられるか見てみよう。
二本の指にはさんで
　一輪の花さえぼくらに与えることができない
　　間抜けなひれを見せながら、どんなふうに泣くのか見てみよう。
あるいは、その有名なソプラノの声で
　悲しみをぼくらのために歌ってくれるよう頼んでみよう。
滑りやすい皮膚の動物たちが、
　ついには、ひとりぼっちになることを学びとろう。
自分を元気にし、より深い泳げる水を得ようとして
　大きな尾で砂を打ちたたく
狂暴な絶望を

見てみよう。

満潮で再び浮き上がって、もういないのか？
では、浜辺に座って海を見つめよう。
荒涼とした海の暗喩は
　　鯨の暗喩と取りかえることができる。

## またも太陽はきらめく

川の上でまたも太陽がきらめく、
落ちついた心で草に座って
少年たちが水浴びをして笑うのを見てごらん。
この光景をあるがままに受け入れたまえ。

（きみは橋から自分の影を見て
川の流れる方へ曲がらないのを
不思議に思った）

きみもまたここで水浴びをした
その頃も川は汚れていて、河口の隅に
泥の溝を残していた
そこには理由《わけ》のない笑いが、そこにいるからというだけの
笑いが生じていた、水の明らかな性質をわきまえて
ただそれだけを承知して、
潜ったり浮かんだりしながら。
それが笑いの意味だった。
その意味をあるがままに受け入れ、詩的な思索は
やめたまえ。きみのさえない詩は
少年のきらめく喜びに相反しているのだから。

## 錯乱について

出稼ぎに行かなかった少年たちが街角で歌っていた
そして、夢遊病者であるぼくは、

物事の流れを冷静に捕らえていた、
その夜、夢遊病者は
漠然ともの悲しい詩の下書きを書いた。
「死と結婚が相次ぎ
挽いた砂糖黍の濃い煙がまだたなびいている。」
さらに書き加えた。「和解する余地はまだある」と。

そこに少年たちは残った
そして、ぼくは朝食用に卵菓子を持って家に戻り
自分のベッドに女と子どもがいるので驚いた
彼女は以前からぼくを知っていて、待ちうけていたかのように
ぼくにキスした、
「今日は来ると思って、塩漬けの肉を少しとっておいたわ」と彼女は言った。

それからぼくは、自分を納得させるためにこの機器のところへ来た。
この女と赤子のために働いているのがぼくなのか？
ぼくのベッドで寝ているこの女に、どんな意味を認めるのか？
猫の額ほどの自分の土地の各々に向けたどんな愛情をぼくは忘れてしまったのか？

少年たちに歌うための確信と信頼を与えていたのは
どんな習慣なのか？
だが、―ぼくたちが詩と呼ぶ― この機器は、
うなぎよりも、水銀よりも、手の中でパシャパシャと音をたてる魚の大群よりも冷ややかだ、
砂糖黍の煙に向けて／死と結婚に向けて／歌っていた
少年たちに
ぴったりの法律はない。
目を覚ましぼくを見つめる女と／赤ん坊と
（愚弄の）言葉を
美しく言おうとする夢遊病者にぴったりの法律はない。

## 汚れなき者の詩

チカマの砂漠で
太陽はとても気まぐれだ。
さあ、スカーフの四隅をきみの頭に結びたまえ
日に焼かれ枯れたその木々の合間を

役立たずの小蜥蜴を追って歩きたまえ。
数々の繊細さの中で、太陽の繊細さは最も残酷だ
殻だけを残して木々と小蜥蜴たちを食べつくす。
きみの記憶の中にその光景の教訓をとどめておきたまえ、
そしてもう一つの教訓も。
きみがマッチのささいな火を枯れた木に近づけるやいなや
まるで火薬のように
あまりにも突然激しくその木が燃えた。
自分を責めるな、だれがそんな破壊力を計算しただろうか！
そして受け入れたまえ。火はすでにそこにあったのだ、
樹皮の下で封じ込められながら拡張し、
きみのささいな身振り、きみの悪戯を待ち望みながら。
さあ、後悔せずに
その突然の破壊（言いようのない美しさ）を思いだしたまえ
きみはきみであって、きみでなかったのだから。
そう
すべてにおいて。

# 落ちてゆくとき

南へ行く鴨たちが
ふたたびベゲタ[*1]の河口へやってきている
そして優雅な鷗を前に
俗物の滑稽さでわめきたてる。
鷗は敵意のある身振りをして静かな島々へと飛んでいく。
鴨たちは潜ったまま、泥をすくい、餌を探す。
そのとき太陽は気球のように沈んでゆき
河口の小さな塩田の島に生える木のうしろで
轟音を響かせつつ止まる。
風景を形づくるすべてが太陽に向かっていくようだ。

突然、世界が方向と意志を変える。
犬をなだめながらグラマダル[*2]まで進んだ
狩人の銃声が鳴り響いた。

鴨たちは水面すれすれに、おびえながら走り
ついに飛び立ち巨岩のうしろに消える、
　　だが、負傷した鴨が、
負傷した鴨が
木のうえ、
太陽のうえ、
中空で劇的に持ちこたえていたが、
突然、空の一番高いところで死のうとしているかのように
ほぼ垂直に上昇する。
鴨が落ちはじめるとき、ぼくの口の中に慈悲の言葉が生まれる、
落ちてゆくとき鴨にもだれにも聞こえない
「きみは太陽に向かって落ちていくのさ」という言葉をぼくはむなしく鴨に言う。

＊1　ベゲタ（Végueta）　リマの北部の街。
＊2　グラマダル（gramadal）　リマ近郊の海岸地。

# 出会い

そして突然、ぼくたちは小道にいる二匹の蟻だった
偶然、
彼とぼく、
こうして触覚を動かし、情報交換し、誠心誠意、十年。
だが、なぜこうした出会いはいつも駄目になるのか?
わが友よ、どのようにぼくらの昔からの親愛が
冷淡と煩わしさに変わってしまったのか、
きみは気づいていただろう。
（そして二人は
もはやさらに十年間お互い知らぬふりをするつもりであることを知った）
別れるまえ
彼は陰鬱な事実でぼくを突き刺した
彼の父親、ベントゥーラ・D氏は末期の腎臓癌だった。

すべて事実は断片的で、ついに不幸はぼくたちを
最高潮に導く。
これを言うのは、三日後の彼の父親との
予期せぬ出会いについて話そうと思うからだ。
それは見本市の航空省のプラネタリウムでのことだった。
ベントゥーラ・D氏は
宇宙を模した大きな天文ドームの下にいた、
懸命に自分の頭上を見回していた
ただひとり

薄明かりの中
ゆっくりと移動し輝く
たくさんの惑星や月の動きをたどって。
集中した視線が、
天文ドームから奥深い宇宙を作り
彼はそのドームを眺めていた、
驚くほど落ち着き、
もはや身を任せて。

宇宙の引力には偶発性がなく、災難も
癌もないことを
ぼくは発見し書きとめた。
ぼくは詩の方へ向かっていたが、
止まった。

その男は戯れている、とぼくは言った。
そしてぼくはプラネタリウムから出たとき人にぶつかった。
惑星のように、予見された軌道を歩きつづける者はひとりもいなかった。

## 砂糖黍畑の中の抜け道

砂糖黍畑の抜け道をきみは歩く、
いっせいに緑色がきらめく。
世界は日に照らされ緑色だ。
鈴を鳴らしながら通り過ぎる牛と
棒をもち牛の後を追う少年は
色を失い緑に屈服する。

だが抵抗する灰色の石があり、
普遍的な緑を拒絶する。
その石で日雇い労働者たちが山刀を研ぐ、
午後五時に、疲れはて、腹を空かせ、
砂糖黍の灰に汚れた顔で。
砂糖黍畑から現れ飛んでいく
思慮深い夜鷹に同意したまえ。
すると夜鷹はきみに説く。
「ここにはない、きみの心地よい牧歌はここにはない。」

## 無名の人（ニュートン以前の誰か）

山の雪びさしから
石が崖へとゆっくり落ちていくにまかせる、
この場所で立ちどまって休むのがだれであれそれは怠惰な行為。
石がおもむくまま見事に大気の中を落ちていくとき
ぼくは漠然と感じる、石は落ちるのではなく

大地に招かれ、目に見えない
避けようのない力に呼ばれて降りていくのだと。
ぼくの口はその力に名前をつけようとするが、大きく開き、口籠り
そして何の言葉も出てこない。
啓示、始まりは、
湧きだし深淵へ戻っていく
まだ名づけられない憶病な魚のようだった。
ぼくはそれを見て満足している。
ぼくには言葉がなかったが、その欠乏はぼくを失望させない。
いつの日か、この山か、別の山に登る
別の男が
さらに、そして明確に言うだろう。
その男は、それと知らずに、ぼくとの約束を果たすだろう。

## イグアナ

きみの手で壁と扉と窓を点検してから

教えてくれ。ぼくの兄バレンティンが
奉納の明かりのような
カンテラの手入れをする、昔の、あのぼくのうちのような家では
　　すべてが奇跡的に凝集され立てられた
砂だときみは感じないか？
ぼくの村はとても多くの年月を借りている。
みんながその時間という負債を受け継ぐ。
ぼくらはいつの日か時間が激しい疲労のように
砂の中に入り込むのを期待しながら生きている。砂は細かく散らばり
急速に浸食される物質になり、居間、寝室、裏庭、そして村をおぼろげにする。
完璧な分散には一日分の朝があれば十分だろう。
午後には新しい飾り気のない故郷でぼくらは目を覚ますだろう。
　　砂原と遠くには山査子《サンザシ》がある。
そこでぼくらの負債を返そう、
　　静かに、しかし
自らの血の色を太陽に透かして見ようと
　　よそよそしいまぶたを下げるだけの
灰色のイグアナのように永らえつつ。

こうしてぼくらにも血がいまも赤く流れているのか
あるいはもはや黒く生気を失って固まってしまったのかを知るだろう。
もし赤いならば、ぼくたちの喜びは心地よく静かだろう
祝福する声を持たないイグアナの喜びのように。

## 孫

　　一匹の蛙が
先ほど息を引きとった祖父、ドン・カリクスト・バラスの
　　裸の胸から現れた。
静脈と動脈の締めつけから自由になり、赤く
　　湿った血から逃れ
灌漑用の貯水池の中に消えた。
　　彼らは蛙を見た
両方の目で、口で、両耳で
　　それゆえに蛙は永遠に
納得した言葉の中に、

同じ力を持つ、蛙を追い払うための
もう一つの言葉のそばにとどまった。
こうして夜は永遠に静けさを保ちつつ過ぎていった。
ラレドでは
世界はしかるべく組織されていたから、
大人たちの口の奥深くで。

今やぼくの気にかかる科学の真実は
耐え難いので、
うろたえ怒り狂ったぼくは医者たちに頼む、
人は器官を病んで死ぬのではなく
器官が秘密の変化を始めることで死に
ついに成熟しぼくらを見捨てる用意のできた
動物になるのだと
信じてくれと。

彼らはぼくに注射をする。
ぼくは眠気の中で

　ぼくの心臓が蛙の喉袋で
伸縮し拡張することにぞっとする。

## 鮟鱇《アンコウ》のように

昨夜嵐から逃れた鳥たちのさえずりほど
理にかなった鳴き声をきみは聞いたことがなかった。
「凪に／捕まっている／ほうがよい。」
危険な縁《ふち》で摂理の小枝のような詩に
あるいは足を乗せる石のような哲学の言葉にきみは触れるのだから。
そう、きみは凪に捕まることを学んだほうがよかったのだろう。
横たわり腸が鳴ると
きみはいまだ自分の中に謙虚な植物的な声が残っていることを
思いだす。きみはほほ笑み
母親のような優しさで腹が鳴る音と放屁の音を聞き、
静まる。
危険な縁できみは海中の岩の鮟鱇のようにどっしりと

腹を据える。
きみの心と権威ある機能は沈黙し
きみは危険な縁で、自分の身体がより賢くなり、
それがきみのものであり、みんなのものであることに気づく。身体全体がトーテムだ。
起きあがれ、そしてすでに始まっている夜明けにきみの裸体を見せたまえ。
七時に外科医たちがメスできみの胸を切りひらくだろう。
きみは死なない。植物的なきみの声は鳴りつづけ、
もはや（すでにきみである）その声は
森から、そして一見はるか遠い夜明けからやってくる汎神論のざわめきの一部だ。

## 謎

ベッドに寝そべって、わたしはアングル、一致、
窓から足を出すことができる視覚的モンタージュを探す。
こうしてわたしの両足は雛罌粟《ヒナゲシ》の小さな丘に置かれることになる。
そこでメトロノームのように規則正しく午後の間ずっと
動いている。わたしは自分の蒼ざめた細い

両足を見る。
すこし前、両足に大地、砂、草、そして川の中にある
ひとつふたつの石のとても優しい肌を感じながら
決して道に迷わず旅する
漂流者の本能が分配されたことを
わたしは思いだす。

雛罌粟《ヒナゲシ》の丘が日暮れると、わたしは自分の足をつかむ。
空にはたくさんのまばたく星が輝きだす。
一番輝いている星、つまりきっと一番皮肉な星が
屋根の端まで近づく。
「わたしたちの間には謎がある、隠された道、
あなたの家へ帰る長い道、
あなたは正しい星に足を置きながらその道を見つけなければならない。」

病院で自分の声と漂う声が入り混じる。
星は話したのだろうか？
わたしの両足は漂泊者の本能をなくした、

だから謎はとても過酷だと星に告げてくれ。

## 限度

大きな窓のガラスに貼られた厚紙の鳥たちの黒い影が、
放心し
あるいは物思いに耽って飛ぶ鳥たちに
空気の透明度には限度があることを知らせる。
大窓は、冬のみならずあらゆる音を
密閉し、封印されている。
外界では
いつも吠えて鳩を驚かせる犬が吠えない、
トルコ人の庭師の口笛の歌が聞こえない、
自転車が走るときの枯葉がカサカサ鳴る音がしない。
その完全に静謐な動きは
ぼくらを驚かすどこか儀式的なものを持っている。
病人であるぼくらは空を飛ぶために

ゆったりとしたガウンを着る悲しい天使の一団だ。
—ぼくらは自問する—
(百人の中から) 選ばれた五人とは誰だろう?
彼らは各々の動きが音とともに長らえる世界へと戻るのだ
完全な絶望は不確かな統計よりましだ。
ぼくらの視線の定まらない端にいつも見える、
ガラスの中の黒い影たちは正当である。
「外へむかう
透明な空気の中の限度はより厳格だ。」

詩集『博物誌』(一九九四年)抄

## 砂の駅

奇跡の小蜥蜴は走り
　　　　もう見えない。
砂丘色の中に隠れ、平然とわたしを観察する
そのとき鷹が日光の反射から逃げ
上空の竜巻からだれでもない者の上にひそやかに
砂が降る。
砂には耳障りな物音とてない。わたしの中に
混沌としてあるものが鳴り響けば砂は逃げてしまうだろう。
わたしは、鐘と列車の
きしみと
旅人の背中で鳴く羊の声を聞きわける。
これが砂の駅だった。
線路は錆びてぼろぼろになり

枕木は枯葉のようにくだけ、
影さえない。砂漠はゴムの木を焼き、
種子を撒いた、
山羊の骸骨に襲いかかる長い刺を持つ
　　　　　　　　　　　　あの植物の種子を。
ここでただひとつ生きているものは砂であり、
ホームの壊れたベンチで眠る者はだれも
　　　　　　　　　　　　帽子から砂をはらい落とせない。
わたしはここを捨てる。そして立ち去りながらわたしの体に多くの孔があると感じる、
それは遺伝。ここでわたしの母は旅人たちに
売物の果物を与えた。わたしは感じる、
先祖からの遺伝がわたしの背中を流れるのを
絶え間なく形成され籠とともに崩壊する
砂の体のように。

# オルモスの砂漠で

棒炭を作るために山査子《サンザシ》を伐る老いた木こりが
小屋の鴨居に
頑丈な灯油ランプをつり下げると、
砂の上に
心地よい光の半円が広がる。

これがわたしたちの信頼の小さな空間である。

おぼろげな国境のはるか向こうでは、暗闇の中
老人が創る不快な動物たちがわたしたちをうかがう、
大気と大地の生き物たちの不可能な接ぎ木
今や自らの激しい恐怖のための接ぎ木
　　想像は単独に働くのだ、逆に働くこともある。

イグアナは神秘的だが、本物なのだ。老人はその首を切り

取るにたらない子犬の上でその血を抜く、
すると犬は自分の悪癖であるかのような赤い血のりを舐める。

瞬く間に香ばしい
焼き串に刺さるイグアナの白身の肉
老人は肉をさばき、わたしたちは食べる
　　そして犬は我慢強く美味しい骨を待つ。

思わず
光の外側に骨を投げると
犬は骨のあとを追い夜と敵の国へ入る。
闇の方から犬は震えながら吠える
不安定な砂の中で
　　わたしたちの信頼の小さな空間を
確かに
得ようと渇望して。
わたしは老人の叱責を聞く。彼は骨を近くに置く、

犬もまた
同胞なのだ。

## 合意

農民が意図していたかどうか知らないが、
彼はぼくに彼の椅子を提供し、このすばらしい合意を見させてくれた。
夜鷹が
雄牛の背に信頼しきってとまっている、
雄牛には尻から角まで
いつも攻撃的な脈動が流れているのを知りながら。
だがそこの夜鷹とともに
雄牛はおだやかになり、退屈し、鳥の
爪が皮膚をひっかくおだやかな音を聞き、
鞍擦れの
血を
きれいにする舌と

ほこりを払いおとす大きな翼と
看護師が使う繊細な器具のような嘴が
皮膚の下で蠢む幼虫を
探しているのを感じる。
熱帯の鳥はこうして食べ物を得る。
それは通常の交換だが、
夜鷹はもっと手に入れる。背のうえで
疑う余地のない
大きな優しさ、獣の逆説を
賞味する。

# 空っぽの用水路にて

夏になると、
川の法則に従ってピチャンサオ川は砂糖黍畑へ流れてこない。
農民たちは川を上流で堰き止め、
水を小麦畑へ運ぶ。

ここ用水路にはそよ風が吹き、目に見えない川が
　　　　　　　　　　　　　　流れている。
ぼくは泥に埋まった丸い小石を踏みながら歩き、
水に映るぼくの顔を嚙む
灰色の小さな魚たちが生き残る水溜りを見つめる。
もはやぼくらは粘液を吸い取る小さな虫たちを捕まえて瓶に入れない。
海老をとる罠も編まず、
　　　　　　ぼくらの遠いざわめきは痛まないまま
消える。
ぼくはより強い痛みを想った。帰り道ですべては木苺に変わる、
　　　　　と一茶は言った。
だがぼくは不思議なことにほっとして、
　　　　　　　傷も罪の意識もないまま歩く、
用水路ではその高い壁の中から柳の根が現れる。
根を嚙むと
この苦い味はぼくが流れに逆らって進む間に
見つける唯一の抵抗だ。

# 鹿

鹿はぼくが繰り返し見る夢だ。
群れる動物なのに背伸びし
　　孤独な男の誇りを持って
　　　　　ぼくを見つめる。
いくらかの距離を置き小さな空間で草を食むが、
　　周囲は硬直し、彼と
比べられる肉体など
どこにもない。
鹿は未知の中心にある強力な器官に集中する
　　内部の
強靭なゴム紐で結ばれているように動く。
そこからしなやかで大きな力、
　　飛躍の潜在力を秘めた
　　　　彼の優美な歩行が

始まる。
ひとりの狩人とその的確な射撃の状況を想像しよう。
すでに鹿は空中へのすばやい跳躍を
始めている。
犬の群れは鹿が初めて血を流すとき驚いてやってくるが、
決してその血を
舐めないだろう
空へと昇りながら
鹿は自分の傷を
唾だけで
治してしまうだろうから。
そしていつかの夜不意に無傷のまま心気症のぼくの夢の中に
現れるだろう。
ぼくの恐怖は不死の特性で再び夢を
満たすだろう。そして恐怖を見ながら
夢の中だけで
ぼくは自分の姿を見る。
不眠の声はそこまでは届かず、鹿は

決してぼくの怒りを
聞かないだろうから。
おまえは飛べず、犬たちに噛まれて
地上で死ぬだろう！

## 猫

ぼくの窓の敷居を横切った見知らぬ猫が
戻ってくるのをぼくは待っている。
敷居はいくつもの窓沿いに続いている。ほかに
道はない。猫は戻るだろう。
そして猫について今回ぼくの心象はよりよいものになるだろう。
その猫は不朽の美のようにさっそうと通り過ぎた。猫たちは
つまずいたり転んだりする
愚か者たちの偶発事故とは無縁だ。
狩るときも逃げるときも歩幅をとてもよく測り、決して

決してとまどった顔をしない。こうしてぼくらの心の中に
独自の神話を注ぎ込む。
年老いた雌猫たちも例外ではない。
猫は猫であり、年老いた雌猫は眠るとき威厳に満ちた猛獣になる。

猫たちは詩にとっては危険なものだ、すばやく
形容詞は集積し、おおいに挑発し、おおいに魅惑する。
だからぼくは素直な気持ちで猫の帰還を待ってはいない。
あまりの美しさはいつもぼくを邪悪にする。ぼくは言う。
猫は小道に倒れて、じっと動かないまま、ぼくの
この上なく高い窓に向かって
　彼の最後の青白く光るまなざしを向けるのだと。

## 治癒

そこ北部で、息子の身体を撫でまわした
母の手の平に握られた

卵の滑らかな殻。
ぼくは見た。
　あなたよりも女らしい一人の女性が
家内の儀式で死を追い払おうと、卵を手に持って歌っているのを、
　　　それは今まで見たこともないほど
しとやかな巫女。
ぼくは彼女が膝のうえで
　　　食用のとうもろこしを殻から外すのを見ていた
そのとき野良犬が奇跡の卵といっしょに
大地に捨てられた痛みを
舐めながら
　太陽の夜気の中で溶けた。
そうだった。生命は、ぼくを楽にしようとして問いかけてくる
　　　　　　　　　　　　　　つつましい人たちや、父母の間を
ひそやかに過ぎていった。生きることのみが唯ひとつ
価値あることだった。
雲は天窓を通りすぎ
雌鶏たちは腹の中に聖なる卵を並べ

ぼくの母はふたたび確信を持って
いちばん新しい卵を待っていた。
　　　生命は肉体的である。
そしてその確信とともに卵をぼくの身体にこすりつけ
こうしてうち勝つことができた。
その静かで確かな世界でぼくは永遠に治癒した。
ぼくの中ではすべての奇跡が行われるだろう。この先も
　　　見ないはずのものをぼくは見た。

## 夜へ

ぼくは夜へ入り込む。
深い夜はすそのゆったりした衣服を着た
　　　ひとりの母のように静かでたくましい。
ドニャ・パウラと知りあった人たちは暗喩が最上のものと知るだろう。

ある精神分析医はぼくに隠語で
ぼくが夜へ入り込むのは、ぼくの根源的な自我の帰還を
　　容易にするからだと説明した。
そしてその自我は、ホルマリンに漬けられ
　　身を丸めている様子をぼくが想い描く子どもだ。
その子どもは時々目を覚まし、ぼくに空いたベッドにうずくまれと命じ、
その恥ずかしい縮こまりを快く受け入れるようぼくに強いる。

ぼくはいつも、この上なく抜け目のない哀れな詩人たちを
信用していない読者、
　　厳しく痛烈な読者のことを想う。
彼のお陰でぼくは起き上がり暗い空に触れるほど立ち直る。
そして夜は太陽系のように巡りはじめる。
だが不眠の穏やかな害がぼくの顔を険しくし
　　かすかに歪める。
するとぼくは、冷たい水がぼくには合うのだと言う。
ぼくは調理場へ行く。

柳の枝製の小さな籠の中には山積みのじゃがいもがある。
それらにはおぼろげな顔の凹凸があり、
くぼんだ目をし土に汚れて
薄明かりの中で
徹夜している。

無慈悲な読者よ、ぼくと一緒に見てほしい
どのじゃがいもも、たぶんまだ生まれないまま、切り刻まれて
しまったかも知れない、根源的なぼく自身であることを。

## 七〇年代に

ぼくの窓ガラスに湿気がゆっくり凝縮してできる
滴をぼくは見ている。
滴の向こうをジェームス・ディーンの肖像のTシャツを着た
少年が通り過ぎる。
ジェームス・ディーン自ら、ぼくらに言った

Live soon, death soon（生命は短く、すぐに死が来る）
（ぼくらはほとんど英語を知らなかったが、この言葉はとてもよく分かった）
ぼくの都市は速かった、日毎に速く過ぎた、
都市には長い帯のような道があったが、
　　　　ぼくらの方がもっと速かった。
窓ガラスの滴を見ながらどうして平静でいられよう。
こちら側にいて、どうして
快適でいられよう
ここでは、部屋の暑さがぼくの動きを鈍らせ、
　　　　人差し指が
　　　　　　溶けてすべり落ちる
ひとつひとつの滴の通路の先を行く。
予め通路を作っておけそうなので、ぼくは見て
滴に触れそうになるが、
指は決して滴に当たらない。水は向こう側にあるのだ。

# おまえの耳に

おまえの耳は、おまえの細心な頭の両側にあったとき
ぼくのただひとりの充分な聴衆だった。
だが昨夜ぼくにはおまえの頭は見えず、耳だけが見えた、
二羽の蝶、二匹のかたつむり、二匹の蟇蛙のような。
おまえの耳を語るのに比喩は使うべきではないようだ、
ぼくの夢には、まさしくむき出しの
　　　　　　耳だけが
　　　　　　　　　現れたから。
なのに、不本意な言葉はその像で、
つかの間の驚嘆で、それらを
名づけようとする。
だが、これらのささいな驚嘆はおまえの白い耳の実像を把握できず、
人類学、民俗学、
　　そしてたぶん恐怖が敬うもの、
感嘆の歴史、ぼくの愚かな民衆の神話こそがそれを把握できた。
語ってくれ、とおまえは言った、

そしておまえの願いに応じて、民衆の記憶が序文のために用いられた。
歴史が驚くべきものであればあるほど、ぼくはますます遠ざかった。
おまえは奥に隠れたものを愛した
―皇帝《アマル》たちが望むとおり　―下のものが上になるようにと
ゆるやかに屈したおまえの身体とおまえの目は
激しく疑っていたけれども。

## 栗鼠

律儀な栗鼠が毎日わが家のバルコニーへやってくる。
ぼくが置いておくパンをせかせかと拾い、森へ逃げる。
その逃亡は自分から抜けだしていつでも一秒
自分の
先を行き
後ろに敏捷な像を残すもう一匹の栗鼠に導かれているようだ。
その像は日常の空気の中で奇跡のように消える。
こうして栗鼠はすばやい映像の目まぐるしい動きのように行き過ぎ

明確な形とならない。
それは格子の向こうを走るだれかの振動のようだ。

これはぼくがハノーバー病院で手術を受ける前に書いた描写の
とても主観的な実践だった。
未完のままだったのは、
ぼくがその意味を明確に引き出せなかったからだ。
きっとぼくは、生命を震わせることも静謐でいることもできる
　　動物のことを話したかったのだ、
洞窟の奥へ入り込み
死にかけた
胎児のように
冬眠する栗鼠のような動物たちのことを、
そして時間は栗鼠と関わりなく過ぎていく。
あるいは、ぼくはきっと蘇生について話したかったのだ。ぼくは、
必死にその意味をさぐった。そう、
栗鼠は蘇るときにもまだ
自分の目覚めを疑っているのだから。やがて変身し、

突然
ひとりの女に、夏に、何らかの喜びに変わるのだ。

## メロドラマ

夜明けの光が庭にいる小鳥の歌に輝きを与えていた。
小鳥はまるでなにもかもはっきりと知りつくしているかのように歌っていた。
ぼくは不安を抱いて目覚め
おまえは憐憫を期待するかのように顔をしかめて眠っていた。
小鳥はなにもかも分かっていた。どのしるしも
小鳥には明らかだった。
ぼくはゆっくりとうんざり顔で事態を判断し
いつも一層明快な人生を望んでいた。
ぼくのズボンは留め金に吊るされ
一見とても素敵に見え、
美しく月並みに吊るされていた。
それは実物であり、夜明けのしるしでも暗号でもなかった。

判読するような物はなく、布切れのようにだらりと打ちひしがれて落ちたので、
明らかな苦痛が少しあるだけだった。そしてそのとき、
落ちながら
ぼくらを描写しはじめ、何とも残酷なしるしになった。

おまえは今も夢の中で憐憫を期待しつづけているのか?

## この匂い、別の匂い

ぼくの姉は、生まれつきとも言える
　　　　　巧みさでパセリを刻む、
すると一瞬匂いがひろがり、
　　　　別の匂いと溶け合う。
別の匂いは、離れたところの味つけの草の籠の中にあり、
籠は天井から下がり、今や
　　化石となって、
失われた

ぼくらの調理場の空気の中にぶら下がっている。
パセリは、質素なスープを待ちながら
ぼくの父、春水に告げていた。
　　この国の感謝の言葉を。
調理場特有の秘密が食卓にないことを
許さなかった日本人！
あなたは、家族とこの大地の使用とからくりを
結びつけた家庭の秩序の美を作りあげるために
　　その秘密を
別のより大きな秘密の中に入れたのだとぼくは思う。

かつてあなたを取り囲んでいたぼくら息子たちは
　　今日、孤独な、選ばれた
会食者だ、
そしてぼくらはスープの中にパセリを撒きながら
　　死者の日の
夕食をとる。もはや草には味のみがあり、香りは
　　失われてしまった。

父、春水よ、ぼくらの家は落ちぶれている。

## ぼくの兄ファンを囲んで

ぼくらがこんなに押し黙って、手をこんなに静かに
間抜けのように膝の上に置いたことはかつてなかった。だがごらん、
ほかの手が幾本もぼくらの肩から生え、互いに握り合い、輪を作る、
そしてきみは真ん中に留まるが、横たわり、やる気をなくし、たわむれることもない。
チンビル*の透明な果実をかじることもない。
サボテンの実にもぼくらにも似ていない。きみの兄弟たちのように
状況に応じた大仰な身振りもしない。
慣習に従って、人々は通りに面した入口にランプを吊るした。
百のランプよりも輝いている一人の天使が
広場にいるのがきみに見えるか？
精神科医の友人は、それは償いの夢だとぼくに言った。
きみがその夢を今見ることができるなら、こっそり

そう言ってくれ、たぶんぼくらを元気づけない知らせで、
きみの平穏を壊さないでくれ。
きみが草刈りの仕事をして買った自転車が
届けられて
やせた馬のように戸口に止まった。
ぼくがうまくやるはずだときみは言うだろう、
　　だが、馬の鞍には一羽の鳩が眠っている。

隣の家で
せわしなくカタカタ鳴っているミシンの音がきみに聞こえるかい？
身体の新たな曲線に古びた黒い衣服を合わせようとしている
あれは母さんだ。
人もうらやむ中産階級のこの家で、ぼくらの古い整理棚は
散らかっているが、今きみはあそこで水浴びしている肉体、
　　ユーカリの木の水の中で腐敗していない
永遠の肉体を見ることができる。
いつの日かぼくらはみなその肉体、きみを囲む八つの肉体になるだろう。
今日きみはむき出しの地下納骨堂へ入るようにその肉体へ入るだろう。

＊　チンビル　サボテンの一種。

# 母さんは七十五歳になった

五匹の天竺鼠が転がった
首をはねられ、生贄として年老いた女王であるあなたの足元に。
血はいつでもあなたの誕生日を祝福するから、スープ皿に
血を受けてください、
そこではナイフばかりか輝くしるしも
　　凝固させることができる。
電球は眠った頭と合体し
あなたを光の輪で包む。ぼくらはいくらかの哀れみで
　　　あなたを愛しはじめる。
だが、あなたの両眼は
予知していたかのようにすばやく開き、その中で
あまりにも優しい動物が生き返る。
周りがしわだらけのあなたの両眼は
主人公の傷ついていない遺体だ、
それは、ぼくらの中にいて

高く直立し
カンテラを暗闇の方へ差し出して
誰とも知れぬ者へ囁きかけた
あなただった。壁面に映る影と
恐ろしい国境の後ろにいる猫たちは
無垢だった。母さん、あなたは恐怖だった。

五匹の天竺鼠はまもなく食卓に乗るだろう。
他の天竺鼠は治療の儀式用で内臓がはみ出し鋭敏であり、
ぼくらの病気を明らかにしていた。
これらは歯を牙を持つ者だ。人々は
あなたがぼくらの古くからの病苦だとは言わないだろう。

# 死んでいく女

あなたの娘たちがあなたの消えつつある実体を養うために
香りのよいスープをあなたのところへ運んでいく。
おお、もはやあなたは水のよう、ほとんど無に近い水のようだ。
あるいは、衰弱そのものの影像のようにゆっくり動く何かだ。
ぼくは、ぼくの所在を和らげつつ、あなたを横目で見ながら
　死んでいくあなたの部屋に入る。
あなたを正面から見れば、ぼくはあなたの邪悪な証人だと感じてしまう。

あなたの昔からのまばゆい眼力は今も生きていて
あなたは知っている、あなたの首が空気を求めて伸びるとき
それが神話にまで伸びるようにとぼくが祈ることを。
あなたは人々の頭が身体からもぎ取られて
髪ふり乱し、飢え、空しく空気を嚙みながら
飛ぶのだと言った。
（そして用水番たちは、そうだ、そうだ、ゆうべきみのランプの光を

横切ったよ、と言った）
ぼくは塩漬けした肉を持っている、
あなたが助かるかどうか噛んでごらんよ、ぼくはあなたを笑わせようとして言った。
あなたは愚か者の肉は決して噛まないだろうし、何も言わないだろう。
言うとしたら、耳障りなユーモアと汚い言葉で
言うのだろう。
ぼくは苦悩の時間を茶化す言葉を吐く。あなたはそれがどんなものなのか知っている。
死んだぼくの父によって引き裂かれたあなたの嘆きは
穏やかで儀式的なものになっていき、それは嘆きというより
讃辞だった。

あなたの前で、ぼくらもそうしようと努めている。

## 二人の死者がいる新しい家
（母と兄に）

階段は中庭から屋上へと続き、三段目には

太陽が照り輝いている、
罪人たちの小さな太陽がいつもしかるべく
　　　　　　　輝いている。

三段目は休憩場で、
そこで肉体は錠剤のように軽くて白く
　　　　　思考は激烈だ。そして自分の骨以外は
すべて儚い。
　　　だから
全地球の半分が冬であっても、いつも
　　　　階段には太陽の奇跡があってほしい。
そこに座った霊魂たちは奈落の縁《ふち》で休息していた
そして時折ぼくらが奈落であるかのようにぼくらを見た。
ぼくの家は葉の茂った春のレモンの木を持つには新しすぎる。
レモンの木から今、守武の俳句が生まれでる。

　　花から花びらが落ち
　再び枝へとのぼる。

　　ああ、あれは蝶なのだ。*

二匹の青ざめた蝶が中庭の上空を飛ぶときの
　美しく恐るべき誤解。

＊ 室町後期、俳諧の始祖と言われる荒木田守武《あらきだもりたけ》の句を、この詩の中でスペイン語にして記載している。元の俳句は以下のように詠まれている。「落花枝に返るとみれば胡蝶かな」

## 詩について

少年は町はずれにある樹の陰に入り
そこで毎日腸の用を足していた。
そして隣りの樹の陰にいる少年が、しゃがみ込んで
　　身軽になると
　二人の間に
行儀のよい動物の浄化について誇り高い
　　共犯関係が生まれていた。

だが今回、

ある光景が少年を驚かせ、驚愕で
樹の下に
　　釘付けにする。
以前の浄化の中から
　　原初の
揺らめく苗木が生育したのだ。
　　そして少年は小さな
エジプト豆の旅を想って心乱れた、
彼の身体の中を無傷のまま、
汚れることなく
　　通りぬけ
奥底の繊細な中心部にある生きた胚子を
　　　　守りながらの旅を。
そして少年の記憶の中で
　　言うに言われぬ喜びとともに
終わりのない上昇が始まった
最小の植物、おまえの原理、おまえの緑の小旗
　　すなわち詩の。

詩集『身体の事々』(一九九九年)抄

## 舌鮃

　　　　　わたしは
灰色に対する灰色だ。わたしの生は
砂の色を性懲りもなく真似ることから
成り立っているのだが、
　　　わたしが食べ敵をあざむけるようにしてくれる
この絶妙なからくりが
わたしを奇形にしてしまった。美しい動物の
均斉をなくした。目と
鼻は
顔の片側に寄ってしまった。わたしは
いつも海底に横たわっている
　　見えない小さな怪物だ。
すばやくそばを通り過ぎる片口鰯たちは、

砂のざわめきが彼らを
食べてしまうのだと信じている、
巨大な略奪者たちがわたしの恐怖など知らずに
かじろうとする。恐怖が別の血のように
いつもわたしの体の中を巡っている。わたしの体は大きくない。
砂に埋まった一片の臓器にすぎない。
そしてわたしの肉体の知覚できない縁《ふち》は
さほど離れていない。
ときどきわたしは自分が拡張し
平原のように穏やかに恐れもなく波打ち、この上なく
大きなものよりも大きくなる夢を見る。そのときわたしは
砂そのもの、広大な海の奥底そのものになる。

## 菜食主義レストラン

人が野菜を
長生きなおとなしい動物の空腹で食べると、ゆっくりと

レタスは
食べつくされる。

牛肉の場合は違う、人は臓器の渇望で
それを食べ、それが復活の日の
　　　肉であるかのように奪いあい
たちまちステーキは
食べつくされる。

きみは思いだす
きみが生きのびるように
家族がきみのために土地を奪ったことを、
回復し、生き永らえるように
鶏、鴨、牛、天竺鼠、仔山羊の肉を奪ったことを。

口の中の食物がきみを世界と
結びつける。猫の日々があり、
象の日々がある。今日遅ればせながら

滋養のあるサラダ、やわらかい大豆、果物が
　　歓迎されますように
すでにきみは五十年も牛肉を食べつづけて
　　　恐怖のげっぷが出ているのだろう。

だが、きみのところに牛肉も野菜もなくなり、味わえるのは
砂だけの日々が来る。きみは自分に言い聞かせる。たぶん
最初の、陰険な、胸の中の旱魃を食べたのだと、決して
砂漠は食べつくされない
決して食べつくされることはないのだと。

## 冬の動物

また、冬眠の洞窟を探しに
山へ行く時がきた。

わたしは自分を偽らずに行く。山は母ではなく、そこにある洞窟は

いくつもの空《から》の卵のようだ。そこでわたしは自分の肉と忘却を
拾い集める。
ふたたびわたしは山塊の麓に
石化した神経のような鉱脈を見るだろう、おそらく
遠いむかしそこを生きた人間の悪寒が
走り抜けたのだ。
何百万年も後の今日、山は
時間を越えたところにあり、わたしたちの生命が
どんなものなのか
いつ終わるのかを知らない。

そこには、霧の中の美しく無垢なものがあり、わたしは
その完璧な無関心の中へ入り込み
自分が他の物質でできた者になったとの思いに身をゆだねてうずくまる。

わたしはいく度も復活したかのように振るまった。
石だけのこの世界には
わたしの目覚めを喜ぶ者はだれもいない。わたしはいつもひとりでいて

自分自身に触れるだろう
そしてわたしの身体がいつまでも山の柔らかい部分であるとしても
自分が
いまだに山でないことを知るだろう。

## 病院の空

空虚な聖女
ブランカ・バレーラ

煙になったわたしの子宮は
煙突から出て、決して激しさを持たない
この空の中に暈のように溶ける。
空の激しさがわたしをもっと慰めてくれたらよかったのに。
看護師が庭を横切る、どんな花も
わたしの痛みを伝えない。痛みは

まだわたしに残されている肉体のかなたにあるだけだ。

　　わたしの子宮は
恋人たちや未生の者たちでいっぱいの
祭りの気球のように飛んでいったにちがいない。それは
わたしが別の肉体になろうとしたとき
とても美しい動物にわたしを変えた。
そのとき外科用膿盆に乗せられた
哀れな哺乳動物の内臓ではなく、
苦渋の卵でもなく
酔いしれて幸福な神々の革袋のように
それは飛んでいったにちがいない。

死はわたしを息子のようにあやし
いまそれは火葬場の煙のようでもある。
怒り
あるいは木々を活気づけ、刈られた枝を蘇らせる
美への渇望がわたしにはある。すべては

再生するだろう、
わたしは
新しい母胎、組み合わされたふたつの手のような深いくぼみを作るだろう、
子孫を得るためではない、空ろであろうとかまわない、

だが確かにそこにあるもの。

## 償い

胸と脇の下の間の
弱々しく
つかの間の脇腹を見せて
ぼくの母はしなやかだった。

なんと深い、根源的な、分泌腺からでる匂いであることか。
その人のやさしさは
強烈な生きもののものだった。

なぜあなたはそんなにせがんだのか
目にいっぱい涙をためて。

## 功夫《カンフー》の師匠

身体は年老いているが、闘いにそなえて
早起きして踊る
バランコの海を前にして。

その優美さで古い花押を
描くように動くが
敵の死に場所を探しつつ
空気ではなく
千年の間見えなかったものを
傷つけている。

敵は獰猛な動物の動きで
襲いかかり
師匠は身体を張って
反撃する。回避と豪胆の
果てしない舞踊の中から
虎が鷲があるいは蛇が生まれでる。

決して誰も勝利しない、彼も、彼も、
そして明日ふたたび対決するだろう。
―きみは、ぼくが踊るとき、敵を信頼していると
思ったね― 師匠はわたしに言う。
そして、とても中国人らしく、否定したうえで言う。敵がわたしを踊らせると。

川

# これらは私の川だ

ジュゼッペ・ウンガレッティ

妹が病院の廊下を歩いてくる
ペルー製の、古い、音の響く靴を履いて。
　　不意に
だれかが水洗トイレの水を流し、それがビチャンサオ川となり
土混じりの水が
石ころの間を流れる。

ああ、糞便
医者たちがいちばん関心を持つもの。もしも人が罪に汚れていなければ
そのだれかは癒されるだろう。

妹よ、ぼくは癒されるだろうか？
あなたがクラフト・ブルーチェを食べればね、たぶん。ドイツの子羊たちは
ドイツ人のようね。楽天的で、白い姿で
緑の野原を
駆ける。さあ召しあがれ。

そして優雅な妹は蛇口を開き
皿を洗う、そして今度は清らかな、ありがたい
モチェ川だ、
二つの鰓のように開いた
　　ぼくの脇腹の傷から水が入ってくる。

こうして魚になるのはすばらしい。この痛みをぼくに受け入れさせる
官能性。

# 船でペルーへ帰る

この上なく
広大な海と空、わたしを見てください、
わたしはあなたたちの祖国へと向かう者、
船の手すりに結晶する塩を
舐める者、体重を
片方の脚と
もう一方の脚に交互にかけて
船の揺れに合わせ、こうして
水平線と心の均衡を保つ。

何日も前からわたしは大西洋の真ん中で
催眠状態だ。前進していると分かる
唯一の手だては、
わたし自身の過去だ。それは今

ひとときの猶予をくれた虎のようにわたしの面前にある。
わたしは数々の永遠の日々とオレンジの皮一枚を
置き去りにした、
それらは
地中海を漂っている。その皮は
詩の優美と
創意のように見えるが、
それがわたしの日々と海の上に落ちるとき
じつはとても恐ろしいものだ。
それは人間の記録、わたしの腕や靴と
同じもの。

そしてわたしは再び大声で叫ぶ。
わたしは旅ゆく者、悠久が
見てくれるように
わたしは跳ぶ。わたしを見てください。
わたしは両腕に自分の身体を抱えて

その持主である母と妻に
手渡す。
　　　彼女らはわたしを待っている
何ごとも
変わりはしないと知りつつ。行っては戻る、
それは同じ塩水の泉の中の循環だ。

　　　わたしの国の
あの黄色い海岸で
彼女たちのだれかが、どうぞわたしの肉を食べてほしい。

## 回転

第二四〇四学校の
少年
が
詩を書く。みなさん、この夏の盛りのように

果実がぶら下がっている時計草の枝の下へ
彼を祝福しに来てください。

詩人のための籐椅子。再びの歓喜である太陽の下で
二十年間眠りつづけている犬を驚かせないように
きみよ、そこへ坐りたまえ。

回転すると、心はうろたえた振り子になり
このでこぼこの中庭《パティオ》からきみの記憶の平坦な村へと向かう。

きみは酒を飲み、聴く。
兄弟よ、きみが愛を営めるうちに
どうかきみにノーベル賞が与えられますように。ところで、
詩はきみに婚姻の特権を
与えるだろうか？文学は余計なものだよ。永遠にぼくらの黒ずんだ指を
夢見ている
女性性器《あれ》もまたブロンドだろうか？

とつぜん犬が夢を見ながら啼く。眠ったまま
黄金の羊毛のような
ふさふさした自分の尾を不安げに追いまわす。

詩人よ、きみは犬を慰め、回転を静め、
背を優しくなでようとするが、
ぼくらはきみの手を抑え、ぼくらの昔からの時計草の下で
きみの忘却をとがめる。
　　放っておけ、ここでは人生はこんなものさ。

## 川の子ども

水は石ころの周りで
さざ波を立てていた。

彼は
ただ石の上を駆ける技術だけに

突き動かされて、わけもなく
一方の岸辺から別の岸辺へ渡った。

どの石に
足を置いたらいいか分からずに
運にまかせて身体を
駆り立てた。

空中で舞いつつ
滑りやすい散らばった多くの石の中から
足を置く石を選んだ。

いつでも安全な石に乗った。

彼は絶え間なく
危険の中に生きる
美そのものだった。

そしてきみが
谷間に消えてしまっても
彼は踊りつづけるだろう。

## 氷の番人

そして壊れた手押し車をひいたアイスクリーム売りと
油缶の火から逃れた小鳥を追っていた
わたしが
西風の中で出会った。
太陽もまた彼と出会った。
そんなときにどうして率直な好意を断れよう。
アイスクリーム売りは溶けやすい氷を見張ってくれとわたしに頼んだ。

おお、太陽の下の儚いものを見張る…

氷は溶けはじめ

わたしの影の下で
あぶれ者のように絶望した。
　　溶けるにつれて
ほっそりと不可欠なものの形を描き
つかの間の水晶の
堅さを持ち
やがて山のようにあるいは
崩れる惑星のように
純粋な形となった。

人はこんなにも速く逃げるものを愛することができない。
速く愛せと太陽はわたしに言った。
こうしてわたしは、熱烈で邪悪な王国で
生を全うすることを学んだ。
わたしは氷の番人だ。

## 裏方

ぼくのシャツと
ぼくの魂の清潔は
姉ドーラのおかげだ。
一番絆の強いそのひとは
いまはいない。
人がぼくを傷つけると
そのひとはぼくのために彼らを憎む。
ぼくがきみを清潔な姿で見るとすれば
それはそのひとが裏方を引き受けているからだ。

## 詩人たち

アベラルドはぼくに敬意を表し、

彼の本の紹介を頼んだ、ああ　友だちよ、
長い説教はやめてくれ。誇り高い詩人が
誇り高い人に詩を読んで聞かせるとき
聞く人たちに響かせるひとつの、ただひとつだけの
言葉を探すことをきみはよく知っている。
「バラの蕾」*とケーンは言った。こうしてひとつの言葉が
流れ星のように落ちた。詩と詩を陳腐にする
多才な抜け目なさの間で
どうやってその言葉を見つけるのか？
ぼくはゆっくりとすべての誇り高い人たちの間で
ぼく自身の舌を
噛んでいるかのように
口の中に血の後味を残したままそれを探している。

＊　バラの蕾　一九四一年の映画『市民ケーン』の中で、新聞王であり大実業家であったチャールズ・ケーンが、死の直前に言ったとされる謎の言葉。

## 詩集『われらのうちに住み給えり』（二〇〇二年）抄

### 誕生

わが息子よ、これがきみ[*1]の故郷、
きみの母親が
　　わたしたちの種へ
帰還する途中に眠りにつく厩だ。
　　　　今まで
彼女は神話の中の動物だった。きみが
　　　宿った
　　　　膨れた腹、
そのとき食欲旺盛な胎児だったきみは、
母親の骨まで食べつくしていた。
わたしは老人で、すべてを
見てきた。それなのに、

生まれたてのわが子よ、きみを見るとわたしは身がすくむ。
　　母親たちの意に反して
どの子も広大な無言の地に
捨てられている。

きみの母親は、
いまだきみの誕生に仰天している少女、
　子守唄ひとつ
歌わなかった。きみを見つめ
とめどなくつぶやくだけだった。
人々が望むことを
彼[*2]に期待するのは大それたことだと。

＊1　きみ　イエス・キリストを指している。
＊2　彼　神を指している。

# 泉での休憩*

ほとんど親しみのないこの地、サマリアで、
井戸の脇に座る彼を見よ、ただ、
　　砂漠を渡り歩き疲れ果てた彼を。

彼は自らの渇きを忘れ、物思いにふけり、見つめる、
風のない小麦畑を、
丘で眠る羊たちを、
　　粗末な野菜の
萎えた切れ端を、
深い水に反射する光が
　　彼の衣服を輝かせているのを。正午には
すべてが汚れのない彼の起源に、
　　完全な静寂に到達する。

彼は唯一無限の一時間に出会い、
　その中に入り込んでいる。今
彼は確信している、
　　彼の永遠性は可能だと。
サマリアの女よ、さあ彼に飲み水を与えよ。

＊　泉での休息　ヨハネによる福音書四章一―十五節「永遠の命に至る水」の場面を謳った詩。

## 悪魔に取り憑かれた者

悪が来て完璧にわたしの中で
　靴を履いた
邪悪な光輝のように。
わたしの両目はあらゆるものの中の
恨みが
どのように解きほぐされるかを見た。すべては

人々の
口のように歪み、あるいは誰かの顔となるか
　　あるいは人から去る。食卓の
匙、わたしの食卓、わたしの家、
街路、都市、祖国がなくなり、
　　　　わたしだけが残る
日々、豚の群れのそばで、愛することのない
この石にしがみついて。

だからわたしは泣き、きみ*の前でのたうち回る。どうか
健康なきみの無限の空気をください、
　　　　わたしを治してください、
しかし完全にではなく、
眼差しの中に悪魔の髪を一本残してください。
世の中は
常に疑惑をもって
　　　見るべきだ。

*　きみ　イエス・キリストを指している。

# 商人*

家畜飼育人たちが
生贄として捧げる子飼いの子羊を連れてくる。
　彼が宮の庭に現れた
だれのものでもない子羊のように。だがその純潔は
最も高貴な地域のものだった（わたしは、果てしない
青い牧草地で想像を巡らす）。

極上のワイン、鳥、動物の子どもらなど、いかなる供物も
　この子羊の
寛大さと
許しには及ばないだろうと、わたしは思った。
彼はわたしたちの売り場へと降りてきた。その瞬間
　日の光が

唯一の生贄として彼を讃えた、無償の
　　充分なもの
　　苦しみの供物として。それゆえに、
彼は激怒し、檻を壊し、動物の子どもらを解き放ち、
　わたしたちを神殿から追放したのか？

わたしは見た。怒りが
こんなにも白い動物に火をつけるとき
それは稀に見る美しさであるのを。

＊　商人　キリストの宮清めの場面を謳った詩。

## ゲッセマネ[*1]での祈り

オリーブの樹が天からの確固たる
熱意とともに育ち、揺るぎなくまっすぐに立つことはない。

オリーブの樹は拷問にあった人々のように
　ごつごつと節くれだち曲がる。

このオリーブ園へあなたは重々しい山のように引き籠もるためにやってきた。

蛙たちや鳥たちは跪き、悲しげにあなたを見つめるが
　その後それぞれの生業へ戻っていく。

蛙は昆虫を追い
　鳥たちは熱情を歌う。すべてが
人と調和しないとき、それは孤独である。

主よ、今あなたは分かってくださるでしょうか、病人が
　明け方に目を覚まし、
どの臓器も孤独を悲しんでいると感じ、
　夜とその悲しみは
神よりも広大だと思うことを。

このオリーブ園で、あなたは

自ら説いた真福八端[*2]の受信者であり、
精気乏しく、空腹を抱えて、泣きそうになりながら、
正義を切望し、迫害の噂を聞く。
これまで、あなたは父上のすぐそばにいたことがなかったのだろう。
今やあなたは父上の中にいる。
近づきつつある死は
流血の逸話にすぎない。

＊1　ゲッセマネ　エルサレム東方のオリーブ山麓の園。キリストがユダの裏切りで捕えられる前に祈った場所。
＊2　真福八端　キリストが山上の垂訓の中で説いた福音。幸福を八つの言葉で説いている。

# 眠っている弟子たち

主よ、わたしたちは力尽きた信者のように
　　山の麓であなたを待っています。

あなたのそばにいると一日は長く慌ただしいのです。

あなたの奇跡はわたしたちを異なった世界へ導きます。不可能なことを
あなたはいともたやすく解決されるように見えますが、
　　ペドロ、フアン、アンドレスあるいはサンティアゴを
永らえさせるための労力は
　　並大抵ではありません。

主よ、わたしたちは大地に根差す者、漁師や農民で、
　　翼は持っていません。
眠ることだけがわたしたちに安らぎを与えてくれます。
あなたが父上と話すためにオリーブの木々の間を抜けて

山を登ったとき、
　わたしたちは不寝番をせず祈りも捧げず草の上に寝そべっていました
一日はもはやわたしたちの身体の中で終わっていましたから。

主よ、わたしたちの眠りを
そんなに厳しく咎めないでください、
眠りはわたしたちを別の素晴らしい領域へと高めてくれます、
　明け方にあなたとともにやってくるような領域へと。

## 詩集『羽根のはえた石』（二〇〇五年）抄

# 川の石

川の流れが少年たちのために淀んだところに
石が突き出ていた。
きみには石が他のどんな形にも見えなかった。
　　　　なんの変哲もない、ただの大きな石だった。

ぼくらは濁った水から出て
蜥蜴のように石にはい上がった。すると
奇妙なことが起こった。
　　　ぼくらの肌の乾いた泥が
ぼくらの全身をその風景へと導いたのだ、
　　　　風景は泥でできていた。
その瞬間
石は水をはじかず柔らかくなった。

石は川にいる海老を待ち伏せる
偉大な母の背だった。あゝ詩人、
またもや無用な
暗喩の誘惑。石は
石だった、
それで十分。母ではなかった。今石が
自らの責任を引き受けていることをぼくは知っている。石は
入り込めないプライバシーの中でぼくらを守っている。
その代わりに、母は死んだのだ
ぼくらからほったらかしにされて。

## 木

アリシアとルーチョ・デルボーイへ

街道沿いの森で
一本の木が強靭な根のひとつを掘り起こし

根は白い岩に巻きついていた。
木には土が足りなかった。
根は木の末端
そこで木は支えられ、さらに高く伸びようとする。
木の名前をぼくは知らないが
長い枝は萎えて素早く
滝のように
岩の上に垂れている。

木は伸びつつ同時に垂れる、
だが、ぼくらの目にとって
この二つの動きはただひとつのものだ。

きみにそのことをどう言おう。つまり言語にとって
登り降りは対立するふたつの概念であり
決して融合しない。

街道に来てみるがよい、
木の二つの動きのアイデンティティは
ぼくらの目の中で見事に溶け合うだろう。

## 羽根のはえた石

ペリカンが、傷を負ったまま、海から離れ
　　　　　　　　死ににやってきた
砂漠の簡素な石の上へ。
数日間
終焉にふさわしい威厳ある
姿勢を探しもとめた。そして
舞いながら凍りついたような美しい運動の姿勢で
　　　　　　　　　　　　　　　生を終えた。
まだ瀕死の状態にあるペリカンの肉が
執拗な害獣たちにむさぼられはじめた。そして白く

かぼそい骨の数々が
砂にすべり落ち散らばった。
　　だが奇妙なことに
石の背に羽根が一枚張りついていた。
ゼラチン質の腱が乾いて
石に
付着し
　　まるで体のようだった。

数日にわたって
　　海風が
羽根にむなしく吹きつけ、わけも分からず吹きつけた
その羽根からわたしたちは一羽のこの上なく美しい鳥を想像することができる、
　　だが、もう飛ばせてやることはできない。

# 日本庭園

　石は
白い砂紋の中
自然の猛威に連れ去られなかった。
　その石は無口な人間の
精神によって選びとられ
　そこに置かれた、
庭の中央ではなく、
東の方へ移動された
　　やはりその人の精神によって。

きみの膝丈ほどもない、
その石がきみに静寂を要求する。身振りの多い
傲慢な言葉がとても騒がしく
威厳もなく

世の中の誤りを
表現しようとしている。
きみよ、石を見て学びたまえ。石は
慎ましく控えめに
夕暮れの漂う陽の中で、
山を
表現している。

# 兄バレンティンの石

近頃平陰から音信あり
弟はまだ生きていた
杜甫*

ファンが激しく痛む腹を抱えて
死んだあと、

あんたはぼくらの兄になった。ぼくらには
兄が必要だ、
記憶の
　　　　　　責任という問題ゆえに。

あんたがぼくらより生き永らえるのは分かっている、
ぼくらの村では
川だけが
　　　　新鮮な空気と海老をあんたに与え
速く流れる。人生は
ゆっくりとした儀式のように過ぎ
　　　　時間は最も慎ましい。

体に気をつけて。ぼくの偽りの言葉が
新聞に出たとき
　　飲みすぎないように。あんたの
前立腺炎に効果のある
それらの熱い石たちを探しつづけて体を大事にしてくれ。

幸運なことに、ぼくらの村には石と泥だけはある。
忘れていたが…石を温める太陽もあるから
あんたは刺すような痛みが和らぐのを感じる。

あ、兄さん、失敬な笑いを許してくれ、
　　　　　　　　けれどぼくは思う
あんたが行ってしまうとき
それらの石の上には
　　　聖霊降臨祭の火炎が残るだろうと。

＊　杜甫　盛唐期の詩人、杜甫の漢詩「近有平陰信，遙憐舍弟存。」

# 化石

きみの中にある命は二十センチの魚だった。
はるかに遠いきみの鼓動、今日化石となり、

きみの体と同じようにありそうもない
　　ぼくの体の中で生きている。

もはやきみは自分を見ることも、ぼくを見ることもできず、
魚あるいは人間という奇妙な存在を知らない。
きみに言おう。ぼくらは錯乱した母親の
ありそうもない気まぐれに由来する者たちであり
海と大地で無限のおかしな形に
　　凝固する。

博物館で子どもたちがほかの化石を見ようと
爪先立ちして楽しそうに騒いでいるのを聞くと
ぼくのいつもの悲観主義は断ち切られ
　　優しい気持ちになる。
結局のところ、魚よ、
　おそらく何らかの理由が存在するのだ。

# 台所の石

## 1

これは毎週日曜日に台所で起きることだ。
獲物の柔らかい子羊あるいは兎を
　　姉が包丁でさばくのだ。
動物たちは、まな板の上で皮をはぎ取られ
　　隅々まで生々しく弾力に富み
まるで自らの死の記憶を末永く、
　　　　ここにとどめようとしているかのようだ。

姉は、残酷な役目に苦悩することもなく
　　石を巻き込み、共犯者にする。
それは黒く丸い石だ
その石で包丁の背を叩く。

味つけされた獲物の肉は
　火にかけられて家族の、部族のご馳走となり、
ぼくらは食卓について
ためらいもなく
　　ワインで乾杯する。

## 2

夜よりも日中のほうが包丁を持ちやすい、
カップあるいはシュガーポットもそうだ。
日中、物事はなされるがまま、ぼくらの思うがままに
　　順応する。
夜になると、静寂と薄明かりの中、諸々のものがぼくらに抵抗する、
別の重さになり、外観を沈める、いくらか
　　儚げになるものもあるが。

今夜、ぼくは台所で

黒く丸い石に目をつけた。それは
自らを強く抱きしめ
あるいは内部の
　　濃密なプライバシーをむさぼる小動物だった。
それは包丁の背を叩き
食用の
　　獣を切り分ける固い石ではなかった。
ぼくは石が泣いているのを聞いた。それは柔らかかった。

## 温泉にて

噴出した白く濃い蒸気の中から
温泉が湧きでる。
　　それが消え失せるとき
源泉を囲む石たちが露わになる。ほんの一瞬現われる、
熱湯に浸食された風変りな形の石たち、
　　そしてそのあと

見知らぬ生き物の群れのように
　　霧のかかった自分たちの領地へ戻る。

湯は泡立ちながら温泉場へと流れ下り、
水路や湯溜りでぬるくなり、
うとうと眠り麻痺を思う老人たちは
　　新たな活力を夢みる。

ここ上流の源泉で、
ぼくは別の幻想に生きる。湯気の中に
女のシルエットがかすかに見える、
聖書風ではなく
とても尻の形がよい女（あゝ懐かしい）、
　　だがそれは湯気と
ぼくの悲痛な記憶の中でかすんでいく。

# 静寂

ミカエラに

亀のいるところへぼくはやってきた。
岸辺を前にするかのようにぼくは亀の前に立つ
あるいは人が腰を下ろし思案する究極の場所を前にするかのように。

亀の上では、
猿たちの果てしない無用な敏捷さが
木の枝の間で肉体を消耗する
猿たちは檻に入れられたかのようだ。
亀たちは平然と生きている
見たところ
飛ぶこともしなやかに弾むことも夢見ないようだ
肉体においても
あるいは精神においても。

そう、だからぼくらは偏見を持つ
貧しい者たちには情熱も幸福感も
認められないのだと。

だが、発情期になると、
歌いも舞いもしないが、
甲羅にしまってある伝説の七つの肉が
静寂の中で熱くなる。
そして雄と雌が
出会い、一匹は性急にもう一匹の中へ入り、
究極のエクスタシーで
二匹は微動だにせず、
ただじっと楽しむ。

愛しい人よ、ぼくらも同じ揺るぎなさを持った、
ぼくらの情熱の最高潮の刹那に。
黄金の魚は
動きのない川にいて、深まる

静寂、恩恵を浴びて
自殺者のように落ちていく中、きみよ沈黙したまえ
　　　　　　　　　　　　　言葉はなかったのだから。

## 土竜《モグラ》

そこにいた、
好奇に満ちた人垣に追いつめられて。鉤爪は
小道のコンクリートを空しくに掘り返し、
　　　血がにじんでいた。進むこともせず、
ただ恐怖で体を膨らませたり縮こまらせたりしていた。
　　　　　　そしてピンク色の
鼻を動かし、暗い通路から遠い、
　　　　人間たちの、日差しを浴びた空気を
嗅ぎまわっていた。
それまでぼくらは土竜を見たことがなかった。

伝説を寓話の動物を捕えたことはあった。
だから、なかなか
ぼくらの頭はついていかなかった。驚きのあまり、
　　　　　　　　　　信じられなかった
太陽がぎらぎら照らす現実の下
ぼくらと同じように傷ついた肉を持つ
　　　別の動物がいるなどとは。

# 広場

ここへ帰る度に
　わたしの心臓はリズムを変える、ここで
わたしたちが信念もなく人生と呼ぶものは
　　灼熱の貧しい地上で麻痺する。
今が午後早々かあるいはそれに続く時間なのか、わたしには分からない。
　　　塔の壊れた時計がわたしたちに言う
ここは最も無限だから、

時間を計るのは傲慢だと。
空は広大で輝いて見えるから、
昇天には申し分ない、
だがこの広場では何も錯乱に陥らず、
すべては現世のもの。
わたしの同郷者たち、常に分別ある忍耐の人々が
通り過ぎていく。
お丶生まれ故郷よ、なぜきみの賢明さをわたしに与えてくれなかったのか。

わたしは覚えている。
教会の入口で
一匹の山羊が蠅にまみれ腐敗していたのを。その山羊には
こわばった六本の足があり
畜舎で死産しているのが見つかったのだ。山羊は
神への抗議のように教会の入口に運ばれた。きみよ、物事を変えてはならない。
お丶生まれ故郷よ、許してくれ。わたしは相変わらず愚か者で
間違いの神を賞賛し、

きみから逃げる。

## パン

恥らいもなく言うのを許して欲しい、
母とぼくは飢餓の村で
　　暮らしていた。
欠乏は
ぼくら自身の純粋な中核にある生き方へと
　　ぼくらを導き
ぼくらみんなにある種の潔白をもたらした。
満ち足りたかのように眠っている
母の誇り高い姿勢のほかにはもはや何も残っていない
　　ときにこそそうなのだ。

ときどき預言者たちが立ち寄り
見込みはあるが残酷な神の名において

　御託を繰り返した。
だれも荒地に雨を降らさず
　ただのレタスから奇跡を起こすこともなかった。

ある夕方、ぎらぎらした眼差しの外国人、別の預言者が
ぼくらの家のドアから顔をのぞかせたが、
彼の中に火をつけたのはだれか、神なのか悪魔なのか
ぼくらには分からなかった。

エリヤと名乗るその男は、ぼくら同様にひどく腹を空かせていた。
　練り鉢に一握りのサンタ・ロサの小麦粉と
取るに足りないひと匙のバターを入れてパンをこねていた母を
　彼は立ちつくしたまま見ていた。

わたしは息子とわたしのためにパンを作っている。そのパンを食べよう、
それから満たされた貧者の威厳を保ちつつ、
空腹で死のうと、母は言った。
　列王記上　十七章十二節。

# 苗床

太陽の光が小屋の葦葺き屋根を通り抜け
枯れた羊歯の上へ
　　まだらに落ちる。
さらに向こうで光は大気だ。ここで
　　それは腐葉土と腐敗した植物の中に
沈む
激しい循環の雨だ。
　　ぼくはこの光を愛する
それはあらゆる穏やかな腐敗を内包する
埋もれた豊かな白さだから。

# その家で……

扉の閉じたその家で、
　豚を殺していた。
死体と内臓を見ることが
ぼくらにとってもっと穏やかなことだったならば
　もう忘れていただろうに。

だが、違った。ぼくらは傷んだ小道に座って
　ただ絶望の叫びを聞いていた、
長く続く苦しみの泣き声を。ぼくらの想像では
　ほとんど人間のような動物だと思えた。

死者の騒ぎたてる音が大気を伝ってきた。
　おまえ息をするな、とだれかが言った。
そう言ったのは、ぼくだったのか？　分からない。だが、ぼくらはみんな
いつの日か

返却しなければならないその苦痛が
暗い悪意のように
　　ぼくらの中に入ってきたのを直感した。

## 恐怖

驢馬が円形の石臼を回し
回るたびに
　　何年もの間その土地を踏みつけた
悪習の輪を閉じる。
製粉の白い粉塵が
空気中に漂う。あらゆるものの上に
積もるが、
驢馬のまつ毛にあるのは
　　すべての悲しみと
　　　　咎めだ。

ぼくは口笛を吹きながら製粉機から離れる。口笛を吹いて
希望のないわだちの中に
足を置く恐怖を
　　　隠すために。

## 雀たち

雀たちのさえずりが開いている窓から入ってきた。
けれど、ぼくは霧に包まれた中で目覚めた。ほぼ明け方まで
　むなしく美しい言葉を探した。
雀たちは速く正確な音程で
　　溢れでるメロディをさえずる。
鳥たちはすでに問題を解決し
　体全体を使って歌に勤しむ。
けれど、うっそうと茂るガジュマルの木の枝に、雀たちは見えなかった。
もうどこかへ飛んでいったのだろう、

おそらくこの世に、もはや雀たちは存在しないのかもしれない、
しかし、今持続するそのさえずりは本物の雀だ、絶滅した
雀たちの甘美な素材だ。

だから、ぼくは不眠症者としての連帯感をもって尋ねた。昨夜
　　最期の願いとともに
いくつの
言葉を
探したのか？
あるいは舞踊の中で新たな体の動きを探したのか、
あるいは星々の不可侵な静寂からもたらされた
　　メロディ、
　　　　それとも歌麿が欲したような
世界のすべてを描く一筆を探したのか。
もしかしたらもう少しで探しだせるかもしれない、もしかしたら
　　ぼくらは未だ濃い闇の中にいるのかもしれない。
いずれにしても
ぼくらは口ごもり、取りつくろう、

けれど苦悩の深淵を
　ぼくらが埋めようとしないとは、だれも言えないだろう、
神よ、いつかあなたに言えるようになるだろう
ぼくらはどんな素材から造られたのですかと。

## 詩集『霧の向こうの旗』（二〇〇六年）抄

# 母の死体を前にした死者のための祈り

この死体には喜びがない。
死体に喜びがないとは
何と大きな罪であることか。
人は死者に何かしら輝きや喜びをもたらしたいと願う（ぼくは覚えている
柔らかいビフテキを食べている老いた彼女の幸せを）、
だがドーラはまだ市場から帰ってこない。

この死体には喜びがない、
何らかの喜びが今でも、塵となった彼女の臓器の中の
魂に入ることができるだろうか？

ぼくらはなんと役立たずなのだ
これほど痛々しく亡くなった死体を前にして。

もはやぼくらは何も修正することができない。それとも
彼女が砂糖漬けにし、その愛想のよい手の中にあって、
素晴らしい木から持ってきたように見える
小さい貧者の林檎を、まだ持っている者はいるだろうか？

今、未亡人の指輪とともに彼女は去ろうとしている。

今、去りつつあるのだから、彼女に何も約束しないでくれ。
いつものように、きみをばかにする
精巧で皮肉な言葉をきみは彼女にそそのかすだろう。

今、踊りながら道をゆく習慣に従って彼女は
去りつつある
背中におぶっている息子を揺すりあやすために。
十一人の息子たち、兎夫人、そしてだれも悪魔たちが彼女の死体に
喜びをもたらすために何をしようとしているのか知らない。

# 蛇

ここは蛇が
月桂樹の生垣の下で
とぐろを解きすばやく逃げ込んだ場所だった。

あっけにとられたまま、ぼくは疑った。
本当に蛇を見たのだろうか?
何かの揺れに襲われたのか、
かつて草の上で眠っていて、突然目覚め歩こうとしたときの、
あの日眩だろうか?

ここだった、
この取水口のそばで、何年も前に
ぼくはかすかに見たのだ、
地上に咲く花に残る

動きのある世界の可能性を。油缶の
火で焼かれた森鳩の無用な羽ばたき、
そのまったく同じ火に追いかけられた
小蜥蜴と鼠のとっぴな走行、
塩銃で傷ついた狐の片足歩行、
あの蛇の逃亡。

ここだった、
そしてぼくの両足の間から、今でもそれらは亡霊のように蘇る。

## バッファロー

地面に耳をあてて、聞きたまえ
バッファローの暴走を、
そして理由《わけ》を教えてくれ。バッファローでなくて
陸で暮らす四足歩行の者はいったいだれだと言うのだ！

バッファローの通る道に
どこかの兎がいたのなら、大地は
これほど強烈な震動はもたらさないだろう。
大地は盲目の激怒だけを引き受け、群れの
枠の中にいる
おとなしい兎の死は引き受けない。

## 嵐

嵐の暗雲の中
ぼくは小舟の中央にいて
影のようなあなたの背中だけを見ていた。
あなたが愛用の青いパーカーで
雨から身を守っているのをぼくは知っていた。
うんざりするエンジン音の中
湖の溢れだし果てしなく広がる水から
ぼくらは遠ざかることができなかった。

嵐は
ぼくらを激怒した神の手の中に置いていた。
だが、稲妻が湖畔の大木たちを照らし
瞬く間に金と銀に染まる枝を見たとき
ぼくらはむしろ幸せだった。
あなたは振り返り、ぼくの手を取った。
不意にきらめき、消えた稲妻で
あなたも怖かったのだ。

## オーガズム

死は許してくれるだろうか
今のように
わたしが叫ぶのを。

# 自殺者

彼が共同墓地で決意した死は、
ぼくらに奇妙な恐怖をもたらした。

服毒自殺する前、彼は身分証を
みすぼらしいホテルの便器に破って捨てた。
決して国のために
生まれた体でなどありたくなかった。
だが殺人者に対してするようなデジタル指紋で
身元が判明した。
彼だ、とぼくらみんなが言い、
放浪者と売春婦の共同墓地から
彼の体を救い出した、
そこではだれも文句を言わない
彼らは生石灰に身を包まれ墓穴で眠っていた。

あ、、他人の肉体に
対策を講じるぼくらの臆病な信仰心

つまるところ
石灰はよいことをしていた。
死の激しい匂いを抑えていたのだから。

## 石の森

石の持つ完全で密な硬さに
世界はまだ到達していない。
石の表面下で縮んだり膨らんだりする
何かが、いまだに生き延び
はるかに遠い川の涼気が湧き上る、
そして山に生える強靭な草の間から
滅びゆく組織の伸縮が聞こえる。

けれど、この揺らめく縁《ふち》で
もはやいかなる形も叫ぶ声を持たない。

## 笑いながらどんより曇っている

髄膜炎にやられベッドの上で肉屋の息子が死んだ。
その家はおびただしい血に染まったので
一息吐いても曇らない、きらめく鏡の前で
清らかな死だけが受け入れられた。

それ以来、ぼくら少年たちは
鏡から疑い深い顔をのぞかせはじめた。
ぼくらの目の中で踊るのが見える光も
息を吹きかけたあとにガラスを覆う満足感も
つまり生者たちの親切な行為に
報いるものは何もなかった。

鏡の中でぼく自身を見ながら
愚かにも彼らに息を吹きかけ
今日までぼくはやりつづけてきた。
そう、金箔の枠の中の白髪混じりのその男性、
それはぼくだ。
ぼくは叫ぶ。ぼくだ！ぼくだ！
そして笑いながらどんより曇っている、彼に会えるのは大きな喜びだ。
それはぼくなのだ、もしそうでなくても、ぼくだと言うだろう
どんな顔だろうと生きた顔でありたい（そうありつづけたい）からだ
肉屋の息子のような、死者でさえなければよいのだ。

## 最後の知らせ

肉体よ、これはきみの最後の知らせだ。
きみの肺のレントゲン写真、不安を誘う
霧、汚れた雪の上に広がる苔の染み。

大地は、いつか
あらゆる器官が犬のように有用な草を探して
大地を嗅ぎまわるのを待っている。きみの肺は
つややかな葉たちの間で
生まれたばかりのように健やかに透明に輝き
若い雄牛の
ゆったりとした呼吸のリズムと調和するだろう。その奥には
輝かしい空があり、不吉な影などまったく見えず
一点の曇りもないだろう。

## 霧の向こうの旗

港にぼんやりとたたずむ悲しげな老女がいる、
錆だらけの桟橋と
岸には数々の怪しげな飲み屋
そこにはかつて強靭な草に囲まれた屋敷が連なっていた。

ある夜、不透明な濃い霧が
世界を覆った。ぼくは手探りで
桟橋の板張りの床を歩いた。いまだ若者のように
儚くも楽しげな恐怖を求めていたのかもしれない。

両手で手すりを確認しながら進んでいった。金属の
結合部、錆びついた索止めに結ばれた
蟹を捕る罠の網。蟹たちは
内臓が取り除かれた魚肉の残骸、
海の底に転がった内臓を求めて夜中に徘徊し
あるいは桟橋の柱に蛇のように巻きついていた。

小舟が連なる横で
ぼくは波の穏やかな襲撃を聞いていた
明け方になると、小舟は次々と網を上げるために海へ出た
湾に係留されていた何隻かの戦艦の合間を抜けながら。
一艘の小舟の底には捨てられた犬が、むやみやたらと
ぼくのように、うなっていた。

そのときぼくは、はるか遠く霧の向こうで、
だれかが旗を振るのを見た。

ぼくは目がくらみ無言になった。美に関するどんな注釈も
あれらの旗について真に物語ることはないだろう。

## アルガロボ*

太陽は光を放つ肉食獣のように
今日の午後砂漠に戻ってきた。このまま見ていたら
太陽は怒り狂って、すべての大地を焼きつくしに来たと言うだろう。

太陽は、すべてが死にかかっているところへ
自らを見せるためにやってきた。銀狐や
蠍たちや砂に隠れて見えない蛇が
死者たちを点検する作業から逃げだした。

この厳しく不安定な生き方に慣れた
アルガロボの木だけが、無数の小さな砂丘の間で
静かにひっそりたたずんでいた。

この節くれだった木は、成長の過程で
思いもよらない姿勢を取った。あるときは
若い不器用なダンサーのように腰をくねらせ、
あるときは、困惑したように
ねじれた腕を唐突に伸ばし、
ある時は降伏したかのように、地に枝が垂れるがままにした。
これほど痛めつけられた体はない。
ただ唯一の幸せは、最上部の緑の髪が
風の行きたいところへ行けることだ。

アルガロボは、ぼくを言葉の前に置いた。
この果てしなく澄みきった風景の中に
言葉はない。この木が唯一の言葉であり
太陽は、ぼくの口の中で言葉を燃やすことができない。

＊　アルガロボ　和名、蝗豆《イナゴマメ》。温暖な海洋性気候地帯特有の樹木で、高さは10メートルに達する。甘い果肉を内包する鞘型の果実をつける。

## 花

忍冬《スイカズラ》の花が明け方に萎んだ
そしてぼくは、花の香りのない中で、詩を信じつづけた。

詩にこだわりつづけるのは難しい、花そのものが
ぼくらを困惑させるときはなおさらだ。
絶望の中で
ぼくはとりわけ穏やかな詩を書いた。
平静を願いつつほとんど理性を失って!

今、白夜のあとで
どんな詩もない中、ぼくは平静を保つ。
忍冬は、すでに言ったように、明け方に萎んだ。

ほかの花々は一日中あるだろう。
妻が居間に生けた百合、
葬列が落とす薔薇、
蜂の姿を見るやいなや命を奪おうと
荒々しく閉じる食虫植物の花。
この花たちから、いま一度ぼくは学ぼう、
ぼくがこれほど愛する詩は
目の儚く壊れやすい行為に過ぎないことを。

## 芭蕉

古池に、
蛙は一匹もいない。
詩人が水面に杖で書く。
四世紀前から水は揺れている。

# 鼠と鷗

波の破壊力が及ばない
岬の中ほどの高さのところに、
大聖堂の身廊のような深い洞窟がある。
海に面する繊細な軒蛇腹の辺りに
数匹の鼠が、潮に流された残骸を腹一杯食べたあと
平衡を保ちながら洞窟にたどり着く。
そして空からは鷗が岬の出っ張りに
巣作りにやってくる。ただ翼のみが
地面にまで及ぶ闇の中に白く現れ、
鼠たちの赤い目が輝いている様をぼくは想像する。
洞窟の中を見るのは困難だ。入口だけが、開かれた海に面している。
今日、サント・アンドレス港へぼくをつれていく漁師たちは
小舟のモーターを響かせながら
この孤立した岬の前を通った。思考が

停止したかのようだ。鼠と鷗は
古い寓喩ではない。ぼくらはみな
希少な無垢の中へ入っていった。
海も歴史を脱ぎすて
純粋な航海の物理学でぼくらを導く。

## マラソンランナー

少年よ、きみはただこのことに夢中になった、
けれどきみの遅さはぼくらみんなをやきもきさせる。
何キロも走ったあと、きみの力は尽きた、
だが、もはやどこでもよい場所へ到達するのだと、きみはまだ言い張る。
これではもう意味がない、ぼくらの同情に
つけ込むな。さあ家へ帰りたまえ
水を含んだスポンジをきみに渡すことだけが
ぼくらのできる唯一のことだったと分かってくれ。

（だが、一筋の光のようにきみの体の中心に
エネルギーを発生させることができると信じている子供と
傷ついた聖者が
通りかかるのを見ているかのように十字を切る老女を愛したまえ。）

きみの足はますます重くなる。
それがどういうことか、ぼくには分かる。もう少しだけ
持ちこたえようと必死に空気を渇望しているということも
分かっている。

カーブを曲がると人気のない通りを見つけるだろう。
そこでペースを変え、失敗を悟られないようにゆっくり
歩きたまえ
桑の木の枯葉を踏みながら
毎日ぼくがしているように、今やあらゆる競争から自由になって。

# ナイトガウン（マグリット）

母はハンガーにナイトガウンをかけたまま
市場へ行くか
あるいは、近所の女たちと互いの逆境を話し合うために出かけた。
母のナイトガウンには乳房が、尽きることのない
乳房があった。
その失われた世界の中で、それは最高の創造物だった、
思えば、同じように無言の乳房はいくらもあった
そこには広場の巨大なガジュマルの木の樹液と
樹脂と精気がしたたり落ちていた。

ぼくの母は、奇跡の動物たちのように、
草や蜜や土を食べ
毒物を忘れることなく
さまざまな味の母乳を作りだしていた。
まず初めに母は死者たちに乳を与えた。母親たちはそれらの陰気な家の奥で

たくさんの子どもたちを亡くしていた。
死んだ子どもたちは、いつも乳房を求めて母親たちの周りをうろついていた
だからぼくはいつでも中庭で母親たちが
自分で乳首を清潔にしている間に
死んだ子どもたちは乳を飲んでいるのだと想像していた。

ぼくは生きている。百合のように
清潔で白いぼくの骨を、さあ見てくれ、
古着たちの中の、
麻のナイトガウンに注意深く置かれた、最優秀な大地のポンプ、
豊かなふたつの乳房をぼくは持っていたのだから。

# 紅鮭

影たちが今や妻と夫のものなら
彼らの空はどれなのか?
飾らない空、ふたりはそれが気に入ったので、

大地に持ってきた。

人見知りする愛の感嘆すべき美しさを
ふたりは実践していた
雄々しい男はその辺を歩きまわりながら
大地、草木、地層の匂いを嗅ぎ
別の荒々しい呼び声を待ちつづけた。

突然、その乾いた激しさの中に現れた心遣い。
夫は妻に
背に紅鮭が描かれた羽織を贈った。
妻は、いつもと違う好意に困惑しながら
絹の衣を羽織った。
すると超然とした空が初めて裂けた。
陽の光が鮭を照らし
妻の美しすぎる青みがかった髪の滝を
鮭が果敢に上っているかのようだった。
感動のあまり、彼女には見えない美しい画像。

父さん、あなたが言ってあげてください、彼女に泣きやんでもらうために。

## 海辺

海辺の漁師から
ぼくらは二匹の笠子《カサゴ》を買った。その得体の知れない魚は、
海の無意識から現れた姿に見えた。

その後、ぼくらは丸い石が散らばる海岸を
歩いて帰った。ぼくらは足跡ではなく
ぼくらの足が動かした石のかすかな音を残した。

実は、ぼくらの足跡はその音だった、
けれどぼくらの背後にある海が
果てしないうなり声で、すぐにその音をかき消してしまった。

そのとき、騒々しい議論が
自ずと両方に沸き起こった。
ぼくらは力強く前進しようとしていた、
ぼくらの足の下で
小石たちの移動する
音が
広大でとてつもない海の轟きよりも強大であるように。

## 水差し

水差しは
一瞬傾いたまま
沈黙を
守った
物思いにふける女のように。
それから床で割れるまで
そのままだった

物思いにふける女のように。

## 馬

砂漠の国境付近の
砂糖黍農園にある人気のない一軒家に
太陽にさらされた頭蓋骨らしきものがある。おそらく
家の中の反響音と
壁で粉になった漆喰によってできたものだ。

扉や窓が抜き取られた
がらんどうの居間の奥では
馬の強い臭いがする。いつの日か
移牧する山羊飼いが身を寄せ、火を焚いた
その部屋の隅で、
昨晩、馬が眠ったのだ。

馬鹿げた考えだが、砂糖黍畑と
アンデス支脈の青い根元の合間では、
今も自由な馬が歩きまわり
ここに眠りにやってくるのかもしれない。
この光景の中に身を置いて、
美しい考えがひらめいただけのように思えるかもしれないが、
それは違う。大気中で
神経質な筋肉が震えるのをぼくは感じ取る。

明け方、あの馬はもう一度ここへ眠りにくると
確信してぼくは家を出る。
途中、道で拾った
アルガロボの種を馬のために残して置いた。
分かったという合図として
ゆっくり
ひずめで地面をたたきながら
アルガロボの種を嚙んでくれることをぼくは願う。

## 島

海がとても穏やかで
太陽がぼくの肉体に見事な信頼感を抱かせたとき、
小さな無人島までぼくは泳いで行った。
ぼくは疲れ果て、反り返った岩の上で眠った。

ふいに激しい目眩がぼくを襲った。目が覚めると
計り知れない激情のように、海流が島の周りを巡っていた。
明け方に目眩が治まるのを待つことに覚悟を決めると
ぼくは思慮深い動物のように
ほぼ裸の状態で岩の合間に身を置いた。

夜が虚構とともにやってきた。島が
浮き上がり
熱帯からやってくる靄のなかで巡りはじめた。

一晩中、甲羅で月光がきらめく
すばやい蟹たちが、何やら大きな死骸を
入念に食べつくした、それは持て余すような一頭の馬だったとのことだ。

波が忌まわしい魚たちを運んでくると
魚たちは石に腹をくっつけ　別の波が
魚たちを荒れ狂う海に戻していた。
海鳥たちは各々思い思いの時間に従ってとどまり、
歌を持たない鳥たちは、不器用に
舞い、赤いくちばしの鳥たちは
肉食獣たちの宴からやってきたかのように互いに体を擦り合わせていた。
孤独な海驢《アシカ》がしわがれ声でとぎれとぎれに呼びはじめると
どこかの汚水場で、腐肉食の鷗が
歌った。

突然、太陽がまぬけな子供のように、あっけらかんと姿を見せた。

# 恋人たち
（北斎のエロティックな版画）

ゆったりとした衣が恋人たちを包み、
光の果肉のように肩あるいは腿だけが
露わになっている
静かな獰猛の中のセックス。

交接に動きがなくても、絹の衣は
波打ちつづける。幾何学的な
春の小さな花々で
きめ細かく捺染された布地が、
敷物全体の上を緩やかに滑り、前に進んで
素早いひとときのひだが重なる。

肉体の光が白ならば、

絹は様々な色彩の川、恋人たちの
体から剝がれ落ちる川のように流れる、
赤い小さな花々が、世界から遮られ
どのように揺れ動くのか彼らは知らない。

## ショッピング街で

ショッピング街で
こんなにも楽しそうに人々が行きかう様子を見るのは素晴らしい。
彼らは踵や膝を連結させながら歩き、
股関節をリズミカルに動かし、
あらゆる蝶番がぼくらを颯爽と直立させる。

（くだらないことをぼくが考えている間、
妻はすこし顔を赤らめながら、
マネキンが身につけたランジェリーを買う、
人好きのするステレオタイプの女性像をじっと見つめて。）

ぼくの妻は美しい、ただそう伝えようと彼女を正面から
見つめる。前々から言われているように川や泉ではなく
骨に支えられ高められ
すらりとした細身の肉体、
時々ぼくはひそかに病的になって、まるで彼女を生きのびさせる
方策を探すかのように彼女に触れる。

すでに言ったように、みんなが完璧に脊椎動物となって通り過ぎる、
けれど彼らが抱く欲望には、もしも抱いていればだが、骨がない
(理性は骨格で満たされている)。欲望は何も持たないが
すべての肉体を燃やす。

こちらへ来て、そこに立つ女性は、ぼくの妻だ。
あゝ、愛しいひとよ、ぼくらの肉体の欲望は
すべての恋人たちのように、死と破滅を伴いながら
今夜戯れるだろう。そして
あとになると、ぼくらにはまだ歩き続ける足のあることが

信じられないだろう。

## 壁

ぼくのベッド沿いには外装のない
日干しレンガの壁があった。
明け方、ぼくは自分の鼻を壁につけ
土の深い香りを嗅いだ。それは
牧草の死んだ根が、唐草模様のように
絡みついた、山あいから持ってきた土。

ぼくの背後には、家族がひしめきあって眠っていた
荒野で野営するある民族のように。

そこでぼくは自分の舌を壁につけた
ぼくらが去る前に湿った染みを残そうとして。

# 駱駝

砂丘に沿って
鮮明な輪郭の上を歩きながら
駱駝のよく知られた眼差しは
ぼくらを理解するうぬぼれ者の視線だ。

侮辱的な視線。

あるいは道理に適っているのかもしれない、
砂漠の真ん中で
ぼくらの目的を単純化するのだから。ぼくは問いかける、
なぜぼくらは果てしなく挑戦するのか？

答えはなく
太陽が駱駝の二つのこぶの間に沈む。

# 解説

# ホセ・ワタナベと詩の軌跡

星野　由美

## 1　ホセ・ワタナベとリマで会った一日

私は一度だけホセ・ワタナベに会った。事の始まりは二〇〇一年、彼の詩選集『氷の番人』（二〇〇〇年）が出版された頃、詩人の細野豊さんからペルーの日系詩人ホセ・ワタナベの作品を取り寄せたいと依頼を受けた時だ。当時、私は在日ペルー大使館に勤務していた。

大使館勤務以前から、仕事でペルーやブラジル日系人たちと職場を共にしていた経験があったため、私にとって日系人である彼らのメンタリティは非常に興味深いものだった。陽気でストレートな感情表現というラテン気質の中に垣間見る律儀で繊細な一面、それは日本人である祖父母もしくは父母から少なからず受け継いだ日本人の気質や道徳観によるものだろう。

私はホセ・ワタナベの詩をぜひ読んでみたい気持ちに駆られ、すぐに上司に相談して詩選集を取り寄せてもらった。そして本が届いた後、細野さんの指導の下で『氷の番人』の詩作品を一篇ずつ一緒に訳していった。その後二〇〇三年六月、ようやくペルーを訪れる機会に恵まれ、リマでホセ・ワタナベに直接会うことができた。

ペルーは日本と反対側に位置しているため、五月から十月は冬に相当する。ホセ・ワタナベに会った六月のリマは、霧がかった曇り空で少し肌寒い日が続いていた。彼は薄手のジャケットに淡い色のスカーフを首に巻いて現れ、まさにダンディな大人の男性そのものだった。大事な娘さんをお預かりしているといった接し方で、あらゆる場面でレディ・ファーストが徹底されていた。日本人である私は女性としてエスコートされることに慣れておらず、戸惑いと照れくささが入り混じったような気持ちであったのを覚えている。

まずはリマの日秘文化会館の二階にある日本人移住史料館を案内して頂き、展示されている日本人移住者の遺品や資料を一つひとつ案内してもらった。日本から見ると地球の反対側に位置するペルーへ、はるばるやってきたはずなのに、日本語教室、生け花、書道といった様々な日本文化の催しが行われており、自分がいる空間はまさに日本だった。異国にある日本文化に触れる中で、私はふと「着物」というホセ・ワタナベの詩を思い出した。

着物

ぼくの父と母は、ちぐはぐな影だった。
今はもう、ふたりとも死んでしまったけれど、ひょっとしたら
また出会っているかもしれない。

ぼくは覚えている、父が着物を母に贈ったときのことを。
彼女は静かに泣いていた。
こうした優美さは
彼のあまりに厳かな愛に
馴染まなかったからだ。

着物の背には
紅鮭が跳んでいた。
母の肩の上で
その魚は彼女の髪の滝を上っているかのように見えた。
メスティーソの女性の
美しすぎる青みがかった髪、
彼女には見えない美しい画。

父さん、あなたが言ってあげてください
彼女に泣きやんでもらうために。

この詩は、一九九九年にホセ・ワタナベが雑誌に寄稿した評論「抑制の賞揚」[*1]の中で紹介した詩である。後に推敲を重ね、二〇〇六年の詩集『霧の向こうの旗』に「紅鮭」というタイトルで収録されている。今回、本書にも

「紅鮭」の和訳を掲載させて頂いた（本書P158参照）。

この作品「着物」のように、ホセ・ワタナベの詩には、スペイン語の詩であるにも拘わらず、まるで日本の詩を読んでいるような感覚を覚えることがある。ペルーで生まれ育った日系人の彼の作品に垣間見える日本人特有の感性、儚い人生の、生命のもたらす一瞬の中に見る優美さ、そこに心を打たれる。詩の行間に、言葉の合間に溢れでる様々な複雑な感情に引き込まれる。だが、あまりに日本的なものを彼に求め過ぎるのは、読み手である私の勝手な思い込みに過ぎないのだろう。実際、ホセ・ワタナベの詩には、日本や日本文化を強調する詩はあまり多くない。マスコミは常にホセ・ワタナベについて、日本人のルーツを強調し、俳句に結び付けてきた。だが、本人は自らを「静観する」[*2]質なのだと言う。過度に日本人の型にはめたがるマスコミや批評に対して、ホセ・ワタナベは常に冷静であった。

とはいえ俳句との関連について、ホセ・ワタナベは父の影響があったことを、雑誌のインタヴュー[*3]で次のように述べている。「俳句を読んだり勉強したりしたのは、おそらく父への敬意のようなものからだ。僕が子どもの頃、父は俳句を読んでくれた。父はまず日本語で読んで、それをすぐにスペイン語にしてくれた。（中略）確かに、俳句の影響については認める。だが、その形成においてではなく、俳句に書かれている姿勢によるものだ。生きている中で、どの瞬間に現実そのものが変わったものになるかを見る。それが詩だ。」

リマでホセ・ワタナベに出会った日の話に戻ろう。その後、私たちはリマ市内の美術館を訪れ、それから喫茶店でしばらく話をした。私の記憶する限り、ペルーのリマの街はとても賑やかだったはずなのに、ご一緒させて頂いた時間は静かにゆっくり流れていた。彼の話の中で特に印象深かったのは、ホセ・ワタナベが十二歳の時に父親が宝くじに当選し、家族でラレドからトルヒーヨへ移り住んだという話だった。それまで砂糖黍畑で農業に従事していた一家が、宝くじの当選を機に生活が一変したのだ。ホセ・ワタナベがトルヒーヨで学んだ学校は、セサル・バジェッホがかつて学んだ権威ある学校だった。後に、バジェッホが教鞭を執り、シーロ・アレグリーアが学んだ場所でもある。そこで、ホセ・ワタナベは教育を受けた。読書に興味を持ったのは十六歳の時、読書の場を提供してくれた教師バスケス・アルビテス師との出会いが大きかったと言う。もし父親が宝くじに当選していなかったら、こうした学校で教育を受ける機会に恵まれることもなく、国際的評価を得たペルー現代詩人ホセ・ワタナベも存在していなかっただろう。

もうひとつ興味深かったのは、日本に娘さんのひとりが住んでいるという事実だった。それでは、もちろん日本には何度か来られたのかと聞くと、日本へ訪れる機会はあったが、強い必要性に駆られなかったと言われた。そして自分の作品にある日本や日本人像は、現代の日本にはもはや存在しないことも分かっていると述べられた。実際、ホセ・ワタナベは日本の歴史や文学に詳しく、日本の小説、俳句、そして詩を多く読んでいる。しかし彼の詩に出てくる芭蕉や一茶、歌麿や北斎等は、いずれも日本の近世の文化人である。彼は日本のこの時代の文学に強い関心があったようだ。

その後も、しばらく喫茶店で話をした。細野さんがホセ・ワタナベの詩作品の数点を日本の詩誌『詩と思想』で紹介することになり、詩選集『氷の番人』に収録されている作品の翻訳の了承をとるとともに、将来的に詩選集の出版の構想があることを伝え、快く了承を頂いた。

思えば、あれからずいぶんと年月が経ってしまった。その後、私は大使館を辞め、出産と子育てに追われる日々をおくっていた。時々、リマで会ったあの日のことを思い出すこともあったが、何もできずに過ごしていた。それ故に二〇〇七年、ホセ・ワタナベが逝去したというニュースを知った時は、彼の死を悼むとともに、二〇〇三年にリマで私が発した口約束が何も果たせていないことを強く後悔した。それは詩人の細野さんもまた同様であったに違いない。

ホセ・ワタナベは、私たちの詩選集の出版の構想について、かつて手紙でこう語っていた。「日本語で出版される本をいつか手にするかもしれないことに、熱い期待を抱いている。ずっと、それについて夢を見てきたように思う。それは父に対する敬意のようなものかもしれない」。

二〇一三年、細野さんから再び電話を頂き、私たちは十年以上の歳月を経てプロジェクトを再開することになった。そして細野さんの長年の構想がようやく実を結び、ワタナベ氏の思いが実現したのである。私にとって、これほど嬉しいことはない。

## 2　ホセ・ワタナベのルーツについて

ホセ・ワタナベは一九四五年（一九四六年との説もあるが、遺族に確認した結果に基づき一九四五年とした）三月十七日、ペルー北部のラ・リベルタ州ラレドで、日本（岡山県）からの移住者の父である渡辺春水（わたなべはるみ）と、ペルー人の母パウラ・バラス・ソトとの間に生まれた。夫婦は十一人の子どもに恵まれたが、ホセ・ワタナベが生まれる前に兄と姉がそれぞれ病死している。ホセ・ワタナベは十一人中の七番目の子であった。

自らのルーツについて、ホセ・ワタナベはインタヴューで次のように語っている。[*4]

「僕はペルー北部の砂糖黍農園で生まれた。日本人の父は移民として働きにやってきて、その土地の人間であった母と結婚した。父は一人でやってきていて、家族はいなかった。ペルー人女性との結婚はおそらく同郷者達からは悪く見られたところもあったかもしれないが、父は構わなかった。当時、日本人と外国人が結婚する事例はあまり多くなかったからだ。日本人はペルーで定住する決意をすると、日本から妻を呼び寄せる。だが、父はペルー人女性と恋愛し、その地で暮らし、そして十一人の子どもをもうけた。こうした境遇に生まれるのは多少なりとも珍しいことだった。なぜなら友人の家族と比較してみてほしい。僕の場合は、村で変わりものの日本人の父親がいた。別の習慣、マナー、食事に至るまで時として違っていた。友人の家に行くと、様々な違いに直面した。『僕は何者？　日本人それともペルー人？』この思いはある年齢、青年期までずっとつきまとった。（中略）当時、僕には二つの故郷があった。だが、さほど根の深い衝突はなかった。その後十五、十六歳の頃から、ほとんど気にならなくなった。きっと日本人のルーツを持つが、ペルー人だと思いはじめた。そして後に確信する。環境による影響は、生まれよりもはるかに重く大きい。僕はペルー人だ。十分なほど心底ペルー人だ。だが、ルーツとして日本人であることを認める。」

## 3 父親について

父親の渡辺春水（一八九三―一九六〇）は、一八九三年（明治二十六年）岡山県上房郡高梁村に生まれた。一九一九年に移民船「紀洋丸」に乗り、同年九月十四日にペルーのカヤオ港へ到着した。その後、四十年あまりをペルーで過ごし、一九六〇年に癌で亡くなった。ホセ・ワタナベによると、父親の春水は英語とフランス語を解し、日本で絵を学んでいた。セザンヌの作品が好きで、読書家だったそうだ。彼は日本へは一度も帰国せず、ペルー社会に溶け込み、ペルーで生涯を終えた。ホセ・ワタナベは「父は偉大な人だった。僕の中で彼は理想像となっている。」[*5]とコメントしている。

また、ホセ・ワタナベは論評「抑制の賞揚」[*6]の中で、威厳ある死を求める「武士道精神」に触れながら、父親について「抑制と制御は父が身につけていた特質だった」と記している。ホセ・ワタナベの詩もまた感情を露わに曝け出すことなく、抑制した言葉を用いて複雑な感情を醸し出している。これは父親から受け継いだ精神であろう。

## 4 母親について

母親のパウラ・バラス・ソト（一九一二―一九九五）は、一九一二年、ラ・リベルタ州トルヒーヨに生まれた。彼女の母親はアンデスの山岳地域出身の女性で、十七歳の時にペルー北部の海岸地域へ働きにやってきた。そこで地元の砂糖黍農場で働く男性と結婚し、四人の子ども（女三人、男一人）をもうけた。パウラはその三姉妹の一番末の娘である。その後、ラレドの砂糖黍農場の地主宅で働いている時、日本からの移住者であった渡辺春水と知り合い結婚した。前述したホセ・ワタナベのインタヴューでも「僕の場合は、村で変わり者の日本人の父親がいた。別の習慣、マナー、食事に至るまで時として違っていた。」と言及しているように、彼の家庭では習慣や風習において日本のそれが尊重されていたようだ。

　ホセ・ワタナベが日本人の父親を敬愛し理想化しているのに対し、母親に対しては「非常にストイックでとても強く、きつすぎる面のある女性だった。時として彼女のことを書く時には、〝非常に厳格な（DURA）人〟と記してきた。」とコメントしている。[*7] 父親はホセ・ワタナベが十代半ばの頃に亡くなっているわけであるから、女手一つで子どもたちを育てた女性というだけでも、いかに生活感にあふれ強くたくましかったかを想像するのは容易《たやす》いことだ。父、春水が亡くなってからは、家族の中で父親は益々シンボル化していった。本書でも母親に関する詩は「母さんは七十五歳になった」、「死んでいく女」、「償い」、「母の死体を前にした死への祈り」等を紹介しているが、彼女へ向けた痛烈な言葉は母への嘆きの賛辞とでも言おうか、貧しさや家族の病に直面しながらも強く生き抜いたペルー人女性への精一杯の敬意を思わせる。

## 5　国際的評価

受賞歴としては一九七〇年、ホセ・ワタナベが二十四歳の時に、詩誌『クアデルノス』主催の若手詩人コンクールで最優秀賞を受賞し、初めてペルー国内で詩人としての評価を得た。後に、二〇〇〇年に出版した詩選集『氷の番人』では、キューバの「カサ・デ・ラス・アメリカス賞」を受賞した。

国際的評価としては、スペイン語圏の国々の新聞各紙で次のように評価されている。[*8]

「ワタナベは、現代の最も際立った詩人だ」

スペイン日刊紙「エル・パイス」日曜特集版「バベリア」

「ペルー人ワタナベの詩は、最も肉体に作用を及ぼしていると思われる。それは血と入り混ざる肉体の奥底から来る活動だ。故に、彼の素晴らしい詩句には衝動のリズム、肝臓の辛辣さ、自然な呼吸がある」

スペインの女性詩人、エスペランサ・ロペス・パラーダ

「ホセ・ワタナベは数年前からスペイン語の現代詩の中で特別な詩人のひとりになった。ラテンアメリカにおける認知度は益々高まり、スペインの文学専門家たちの中で決定的な地位を確立した。さらに書き添えなくてはならないのは、まったく公平に見てその評価に値する活躍中のペルーの詩人は数少ないということだ。

文学誌『モレスキン・リテラリオ』、ペルー人作家、イバン・タイス

「ワタナベは、詩が古い決まり文句によって益々疲弊していくように見える時に、別のリアリズムがありうることを実証した。ワタナベは二十世紀におけるアングロサクソンの最も良質な詩の手法を受け継ぎ、これを明確な行の表現と結びつけている。それは最良のロマンティシズムの中にしっかりと位置づけられる。そして悪ふざけで自己を顕示するような無謀さではなく、啓発的なイメージを探求する輝かしい数滴を加えるのだ。」

スペイン日刊紙「バングアルディア」

「ワタナベの最良の詩はすべて身近で、─家族とのたくさんの思い出に満ちており─すべてが特異である。詩は即時性に依存しており、さらに遠くへ行こうとする。そこから彼の上品さと繊細さが生まれる。」

スペイン日刊紙「エル・ムンド」

「ワタナベは平易さと明確さにおいて卓越した文体を用いる。彼の詩句は詩句であり、詩句を装った行ではない。韻律や詩節の気品には多様性があり、言葉に、ただひとつの詩的キーワードや単一の構成を強制しない。言葉は完璧な方法でその役目を果たし（例としては詩句またがりの使用）、いかなる誇示も見られない。これら詩のリズムはゆっくり、穏やかに、優しく流れる。音楽的には〝アンダンテ〟と言えるだろう。

この形式的穏やかさは、内容の強烈さと平静さを対置させている。ワタナベ自身こう指摘している。〝絶望の中で、ぼくはとりわけ穏やかな詩を書いた。／平静を願いつつほとんど理性を失って！〟だが、この緊張は弱まるどころか、両要素が強まり、どんな常套句からも遠のいていく。〝ぼくは目がくらみ無言になった。美に関するどんな注釈も、／あれらの旗について真に物語ることはないだろう。〟」

チリ日刊紙「メルクリオ」

## 6　詩を書き始める

ホセ・ワタナベが詩を書き始めたのは、父親が癌で亡くなり、その一ヶ月後に初恋の娘が突然の病で亡くなった時だった。最愛の家族そして好意を寄せていた少女の立て続けの死の傷は深く、その想いを筆にぶつけたという。それが初めての詩だった。その後二十四歳の時、前述した詩誌の若手詩人コンクールで最優秀賞を受賞し、初めての詩集『家族のアルバム』（一九七一年）を出版した。その当時、ホセ・ワタナベは大学で建築を学んでいたが、文学の道に進むと決めてからは独学で文学を学んだ。図書館に通い、文学を専攻している友人たちから情報を得て、読書に没頭しながら文学の知識を深めていった。

第二詩集『言葉の紡錘』が出版されたのは、第一詩集から十八年後の一九八九年であった。その三年前の一九八六年、ホセ・ワタナベは肺癌の診断を受け、ドイツで放射線治療を受けた。しかし、その後の経過観察の期間に予後抑鬱症を患い記憶障害に苦しんだ。死の恐怖、苦痛、苦悩、こうした危機が『言葉の紡錘』の主題となっている。その後、予後抑鬱症を脱して快方に向かう中、詩集『博物誌』（一九九四年）と『身体の事々』（一九九九年）を上梓した。これらは肉体的なものを最も重視した作品が多く、闘病生活を経たホセ・ワタナベの経験と実感によるものだ。そして二〇〇〇年、詩選集『氷の番人』を出版し、キューバの「カサ・デ・ラス・アメリカス賞」を受賞し、国際的に高い評価を受けることになった。その後もワタナベは『われらのうちに住み給えり』（二〇〇二年)、『羽根のはえた石』(二〇〇五年)、『霧の向こうの旗』(二〇〇六年)の三詩集を上梓している。

今回、本書では『氷の番人』に収録された全詩作品に加え、『われらのうちに住み給えり』、『羽根のはえた石』、『霧の向こうの旗』から作品を選定し紹介している。

多才であったホセ・ワタナベは詩人としての活動に留まらず、バルガス・リョサの小説「都会と犬ども」の映画の脚本や、ギリシャ神話を題材にして軍事政権を批判した芝居「アンティゴナ」の翻案等、様々な戯曲も執筆した。また、亡くなる前の数年間は、子ども向けの絵本の執筆に力を注ぎ、八冊の絵本(未発表だった作品三冊が没後出版されたため、それを含めると計十一冊)を出版した。

二〇〇七年、ホセ・ワタナベが逝去した時、ペルー大手日刊紙「エル・コメルシオ」には、著名人等が哀悼の意を記した。多才な才能あふれる現代詩人の死を、多くのペルー国民が悲しみ惜しんだ。そして今、私たち日本人も彼の偉業に感謝すべきではないだろうか。日本文学や俳句に表れる日本人の美意識とその精神をラテンアメリカに広めたホセ・ワタナベの功績は大きい。

## 7 終わりに

私事ではあるが、ホセ・ワタナベが亡くなったその時期、彼以外にもペルーに縁ある二名の知人の死があった。一人は日系ペルー人の親戚を持つ日本人男性で、ペルーと日本の貿易振興に情熱を注いでいた。「日本人が好きなフォルクローレだけではない、日本でまだ知られていない、ペルーの魅力をもっと伝えたい」と熱く夢を語っていたのを覚えている。二人目は私の大使館勤務時代の元上司で、日秘両国の架け橋として尽力し、個人的にも心の友として支えてくれた知的でおおらかなペルー人女性だ。二人とも三〇代半ば、あまりにも早すぎる死だった。

彼ら二人からと、そしてホセ・ワタナベからは作品を通じて、私はペルーの魅力をたくさん教えていただいた。その情熱と功績に対して私はただの傍観者でしかなく、彼らの死後も何もできないまま時間が過ぎてしまった。だからこそかもしれないが、こうしてペルー日系詩人の素晴らしい詩を日本に紹介することを、おこがましくも私の使命として臨んできた。

　出版の実現にあたっては、ワタナベ氏の遺族代表であるマヤ・ワタナベ女史、そして詩人ミカエラ・チリフ女史にご了解を頂き、大変お世話になった。

　そしてエラルド・エスカラ駐日ペルー大使閣下をはじめ、マルコ・サンティバニェス公使参事官、アマドール・パントッハ文化担当書記官にも多大なるご尽力を頂いた。大使館の後援を得て、本書の出版を実現することができた。

　最後に、ペルー大使館勤務時代の元上司であった坪山ルイス氏（現ベトナム大使館首席公使）には、長期にわたり個人的にこのプロジェクトを応援頂き力になってもらった。こうした多くの方々の理解と後押しがなかったら、この本の実現はなかっただろう。この場を借りて心より感謝したい。

＊1、6　José Watanabe, Elogio del Refrenamiento. Revista *Que Hacer*,1999

＊2　La entrevista de IPC al poeta José Watanabe http://festivaldepoesiademedellin.org/es/Diario/11_17_09_08.html

＊3、4、5、7　El niño que rompió el jarrón, Revista *Quimera*, España, 2007　Andrea Jeftanovic

＊8　La critica internacional habla sobre José Watanabe, Discover Nikkei

# 日系詩人ホセ・ワタナベとその詩
## ――あとがきに代えて

細野　豊

## 1　ラテンアメリカの日系詩人たち

二〇一二年十月に出版した拙訳、ペドロ・シモセ詩集『ぼくは書きたいのに、出てくるのは泡ばかり』（現代企画室）の「解説とあとがき」で述べたことと一部重複するが、ホセ・ワタナベについて語るに先立って、先ずラテンアメリカの日系詩人たちのことと、なぜわたしが彼らとその詩に関心を寄せるようになったのかについて述べておきたい。

一九五八年に大学を卒業した後、わたしは日本からラテンアメリカ諸国（ブラジル、アルゼンチン、パラグアイ、ボリビアなど）へ移住する人たちを援護する政府関係機関に勤務した。そして、この仕事に従事する中で、わたしの心にラテンアメリカの日系人という存在が深く刻みつけられることとなったのだが、その最大の原因は次に述べる強烈な体験であった。一九六三年、わたしは外務省の事務官（団長）及び同じ職場の仲間と三人で、生まれて初めて日本を離れ、戦後ラテンアメリカ諸国に入植した日本人移住者たちの生活状況を調査し、その後の援助に役立てるために多くの移住地を訪れたのだが、そのときアマゾン川の河口に近いブラジル合衆国ベレン市で出会った日系青年の発言に大きな衝撃を受けたのだ。

その青年は「自分は日本人の子弟であることが恥ずかしい。この顔形や肌の色が嫌いだ。特に父や母は朝から晩まで泥に塗《まみ》れて畑仕事に追われていて格好が悪い。自分はなぜ日本人の子供に生まれてしまったのか。」と言ったのだ。それは、自分の意思に関わりなく負わされている「日本人の血」に対する呪いの言葉であった。

この日系青年が持っていた根深い劣等感は、第二次世界大戦で日本がブラジルの敵国となり、やがて敗戦の憂き目に会った事実が大きく影響していたのだろう。戦争とそれに続く日本の敗戦によって、人種の坩堝と言われるほど多くの人種が入り混じって生活しているブラジル社会で、白人、黒人、先住民あるいはその混血たちのいずれとも異なる容貌を持つ日系人は、種々の場面で侮蔑や差別の対象となったのだろう。彼らの劣等感は、わたし自身が敗戦後アメリカ進駐軍の武器や重機械の圧倒的優秀さと物量を目の当たりにして打ちひしがれ、心の奥底に植え付けられた劣等感と共通するものであった。そして、その圧倒的科学と技術と物量の結集であるアメリカ軍に対して、竹槍と大和魂で命を賭して御国のために戦えと、国民学校（小学校）の生徒だったわたしたちに教え、「勝ち抜くぼくら少国民…」と歌わせていた、教師を初めとする日本の大人たちへの不信感と、何とかして劣等感を克服して、日本人としてのアイデンティティと誇りを取り戻したいという願望は、今でもわたしの心の中で燻っている。

いささか横道に逸れてしまったが、話を元に戻そう。以上に述べた強烈な体験や、その後一九六四年にブラジルのサンパウロに赴任して、日系人たちと職場をともにした経験から、わたしの彼らに対する関心はさらに深くなっていった。その理由は、ラテンアメリカがかつてスペインやポルトガルの植民地であったという歴史的経緯から、彼らも学校教育等を通じて欧米文化をもろに吸収しているとともに、日本人である両親から明治人気質ともいえる、わたしたち戦前から戦後にかけて日本で生まれた日本人よりも日本的な道徳観や価値観を受け継いでいる複雑な精神の持ち主であることが分かったからであった。

その後一九七四年から、わたしはボリビア国のサンタ・クルス市に勤務することとなり、そこで同国ベニ州リベラルタ市出身の日系詩人ペドロ・シモセの詩に出会うこととなった。さらに、二〇〇〇年一〇月に来日したシモセから、ペルーにホセ・ワタナベ、アルゼンチンにファン・カルロス・ヒガという優秀な日系詩人がいることを教えられた。現在ラテンアメリカには、日本から移住した一世も含めて百七十万人を超える日系人が居住しているが、その中で詩人として広くて知られているのは、これら三人である。他に、ワタナベやシモセについて調べていく過程でマリオ・オハラ・アグレダ（ボリビア）とドリス・モロミサト（ペルー）という二人の日本人の血を引いた詩人がいることが分かったが、彼ら自身が日本人の血を引いていることをどの程度意識しているか（あるいは、いたか）否か不明であり、日本人の血は引いていてもその詩に「日本人的要素」が現れていないとすれば、日系詩人と言えるか否か疑問である。よって、この二人については今後の調査・研究が必要である。ファン・カルロス・ヒガは、一九七七年五月に二十九歳の若さで、アルゼンチンの軍事政権側と見られる武装集団に拉致され、行方不明となったまま現在に至っているため、残された詩は少ない。なお、日系人が百五十万人以上も居住しているブラジルに日系詩人がいるという情報を今日まで得ていないのだが、何らかの情報をお持ちの方がおられたらご教示いただきたい。

## 2　ホセ・ワタナベとその詩について

以上に述べたところから、ラテンアメリカにおいて注目すべき日系詩人はホセ・ワタナベとペドロ・シモセのふたりだと言えよう。シモセは一九四〇年、ボリビアのベニ州リベラルタ生まれ、ホセ・ワタナベは一九四五年、ペルーのラ・リベルタ州ラレド生まれと五歳の差があるもののほぼ同世代に属している。ふたりの間には共通点が少なくないが、最も重要と思われるのはいずれも日本からの移住者である父親を尊敬し、日本人の血を引いていることに誇りを持っていることである。かつてブラジルのベレン市で出会った日系二世の青年が自らの体内を流れる「日本人の血」を呪い、日本人である両親を嫌悪していたのと対照的であり、後で述べるアイデンティティとの関わりにおいて、このことはまことに興味深い。ふたりとも国際的に権威のあるキューバの「カサ・デ・ラス・アメリカス賞」を受賞し、それが切っ掛けとなって世界的に詩人として評価されるようになったことも共通している。ふたりの相違点を挙げるとすれば、一九四五年に日本の降伏をもって終った第二次世界大戦（太平洋戦争）をシモセが子供ながらに体験しているのに対して、ワタナベは終戦の年に生まれたということであろう。以下、ホセ・ワタナベとその詩について、ペドロ・シモセとの比較を交え、さらに二〇一四年に大阪大学でムース・ランディが「日系ペルー詩人ホセ・ワタナベ―作品とアイデンティティの構築―」と題して提出した博士学位申請論文（以下、博士論文と言う）をも参照し、要約し、あるいは引用しつつ、わたしの見解を述べることとする。

## （1）父親からの影響とアイデンティティの構築

ホセ・ワタナベについては、二〇〇〇年一〇月に外務省の招聘により来日したペドロ・シモセからその存在を知らされて以来、彼の詩を読んでシモセに対すると同様に関心を持ちつづけ、星野由美さんとともに和訳を行ってきた。しかし、一回の来日とわたしの二度に亘るスペイン訪問の機会に直接面会して意見交換したペドロ・シモセの場合と異なり、ワタナベとは生前ついに一度も面談する機会に恵まれなかったため、その詩と人間性については、詩そのものや研究書等に基づいて語ることとなる。共編訳者、星野さんの解説と重複しないよう心掛けつつ、限られた字数の中で、詩人ホセ・ワタナベの本質に迫れるよう努めたい。

ホセ・ワタナベは、ペルーの現代文学において最も重要な詩人のひとりとして評価されており、二〇〇七年の逝去後評価はますます高まりつつある。逝去の年二〇〇七年には「ホセ・ワタナベ文学賞」が創設され、詩人の生まれ故郷ラレド市に「ホセ・ワタナベ図書館」が設立された。ワタナベの詩は海外においても高く評価され、詩集『翼のはえた石』は二〇〇五年中にスペインで最もよく売れた詩集であった。ワタナベは、この訳詩集をお読みいただければ分かるように、自然や獣、昆虫などを題材にした多くの詩を書き、このことが特徴として際立っているが、それは俳句の影響によって彼の身についた「日本人性」の現れである。ワタナベの持つ「日本人性」は、日本からの移住者である父、渡辺春水（わたなべはるみ）から伝授されたものであり、俳句のほか武士道や禅とも繋がっている。

ホセ・ワタナベの父、春水は一八九三年に岡山県で生まれ、一九一九年に日本政府の移住政策によって、移住者としてペルーのカヤオ港に到着した。到着後間もなくから、首都リマ郊外の砂糖黍農場で労働者として働いた。太平洋戦争が始まると、春水は日本への強制送還から逃れるため、ペルー北部のラレド市へ避難し、その地の砂糖黍農場で働いた。その農場で、そこで働いていたパウラ・バラス・ソトと知り合って結婚し、ホセ・ワタナベは十一人兄弟の七番目として生まれた。

ワタナベの幼少年時代、一家は貧困の中にあったが、春水が宝籤に当たるという幸運に恵まれたため順調な生活に移行し、ワタナベはサン・フアン・デ・トルヒーヨ国立中高等学校で中等教育を受けた後、首都リマのフェデリコ・ビヤレアル大学に進学することが出来た。しかし、リマではラレド在住時に受けたと同様な人種差別のほかにリマ育ちの人々の地方出身者に対する差別に苦しめられた。ワタナベは貧富の格差と二重の差別に対する怒りを生涯持ちつづけた。

父、春水はペルーに移住する前、岡山の美術学校で学んだ経験があり、画家になりたいという願望を持ちつづけていたので、他の子供たちに比べて芸術や文学に関心を持っていた少年時代のワタナベを特別に可愛がり、美術の本を見せたり、俳句をスペイン語に訳して聞かせたりした。そういう父をワタナベは尊敬し、いつか父のようになりたいと思っていた。その父が、宝籤に当たり一家揃ってトルヒーヨに移り住んで間もなく癌で死去するという不幸に見舞われたが、一方この時期はワタナベにとって初めてペルー文学の名作に触れ、本格的な文学への傾倒が始まる転換点となった。

二〇〇三年九月十三日にリマのワタナベ宅でムース・ランディによって行われたインタヴュー（前記ムース・ランディの博士論文に付録として掲載）での質問に対してワタナベは、次のとおり答えている。

M・R　お父様は労働者としてペルーに来られましたか。

H・W　よくわからない。わたしが調べたところでは、リマ近郊の砂糖黍農場で働くために渡航してきたことがわかった。ところが父はわれわれに違うことを話していた。だから、わたしには何が本当で、何が嘘なのかわからない。曖昧なままである方がよい。（中略）わたしは、すべての移住者は自分自身の過去を創作する権利があると思う。

ワタナベは、父、春水が自分のペルーへ移住した経緯について、「砂糖黍農場で労働者として働くために渡航したのではなく、両親から強制された結婚を拒み、メキシコへ逃れて、そこでスペイン語を学び、後に観光客として船でペルーへ着いたのだ」と事実と異なる物語を子供たちに話していたことに、自ら事実を調査して気づいた。そして、自分が父を実像以上に理想化していることを認識したが、その美化された父親像を受け入れ、そういう自分をも許したのである。ムース・ランディが用いる言葉で要約すれば、ワタナベは意識的に父親の過去の再構築に能動的に加担し、自らのアイデンティティ構築のためにナラティヴ・スムージング（自分または特定の人物の生立ち等について都合のよい部分のみを語り、合理化、正当化する心理操作）を行ったのだ。

ムース・ランディは、ワタナベが父親を実体よりも遥かに偉大な人物として美化し、父親が話してくれる一度も実際に見たことのない日本をも美化することによって、自らのアイデンティティを構築するに至ったことや、ワタナベの詩「手」（本書p12参照）の中にそのことがよく現われていることを指摘しつつ、次のとおり述べる。

「この作品においてこの日系詩人は、敬愛した父親から芸術家になる希望を受け継いだことを象徴的に語り、父親を目指すことを明らかにしている。そこにワタナベは文学者としての活動に意味を与え、自己ナラティヴ・アイデンティティ（自分自身について語ることによって認識される自己同一性）の方向性を定めていくのである。また、この作品において彼のライフストーリーの重要な登場人物である父親を内面で自ら望むナラティヴに沿うものにし、その筋書きを発展させるために調整している。」

さらに次のようにも述べている。

「これらを背景として初めて『手』の意味が明らかと

なるのである。ホセ・ワタナベは、画家になることが叶わなかった父親から夢の引き継ぎを託されたとの解釈ができる。父親、ハルミ（春水）の、叶えることができなかった画家という夢を息子に委ねることを手は象徴しており、ワタナベは詩作することにより、父親の夢を代わりに叶えていると考えることができる。」

以上のムース・ランディの言葉を、詩「手」を読み返したうえでわたしなりに解釈し、より簡潔に表現すれば、次のようになる。

「父、春水がホセ・ワタナベに残した両手は、画家になろうとして懸命に絵筆を握りながら、望みを果たせないままワタナベに渡したものであり、ワタナベは父から引き継いだその手で父の代わりに夢を実現するため、絵の代わりに、詩を書くのだ。」

父から引き継いだ両手がなかったら、ワタナベは詩を書くことができなかったであろう。だから「この両手は父の手なのかも知れないと思う」「だが、人はぼく（ワタナベ）の手なのだと繰り返し言う」。こうしてワタナベは父の望みを引き受けることによって、自らのアイデンティティを獲得するに至るのである。

ワタナベの詩で、父、春水のことを書いたものとしては、「手」のほかに「ありえないほど滑稽な結果となった悲劇的な詩」、「羽振りのよい兄への酷評」（以上三篇とも詩集『家族のアルバム』〔一九七一年〕に収録）及び「この匂い、別の匂い」（詩集『博物誌』〔一九七四年〕に収録）がある。

ペドロ・シモセもホセ・ワタナベと同様に、日本からの移住者である父、下瀬甚吉を尊敬しており、「わが父の伝記」（詩集『文字どおり』〔一九七六年〕に収録）と「Ｏｔｏｓａｎ」（詩集『消えそうな火』〔一九七五年〕に収録）という詩を書いている。これらの詩は、勤勉で謙虚な日本農民の典型である父への惜しみない讃歌である。シモセの場合も、詩作において父を美化する心的操作がある程度は行われていると思われる。しかし、シモセの父、下瀬甚吉については、『日本人ボリヴィア移住史』（一九七〇年、日本人ボリヴィア移住史編纂委員会発行）にその略歴が記載されているほか、編纂委員による（と思われる）

インタヴューも掲載されており、これらを読むとシモセの詩の中に現れる父親像は、大きく実像とかけ離れてはいないと推測される。

下瀬甚吉の略歴は、以下のとおりである。生年月日明治十八年（一八八五）七月二十六日、本籍　山口県吉敷郡大道村字鷲崎、現住所　ベニ州リベラルタ、略歴　大道尋常高等小学校卒（在学八年）、明治四十一年（一九〇八）四月日本出航、ペルー、チャンチャマヨ耕地に六ヶ月滞在、その後リマ近郊で日雇農、マルドナドで自営農を経て、大正三年（一九一四）ボリビアのリベラルタに入り、仕立屋四年、以後商店経営、日本人会長十年、家族状況妻と子息七名。

シモセは、日本人農民の勤勉を尊ぶ生き方と価値観をしっかりと身につけ、日本人会長として人望の厚かった父、甚吉から多くを学んだが、文学、芸術に関する伝授を受けたことはなかった。

## (2)「日本人性」について―俳句、武士道、禅との関わり

ムース・ランディは、博士論文の中で次のとおり述べている。

「多くの評論家はワタナベにおける『日本人性』を本質的なものとして捉え、それが彼の文学を特徴づけているとしている。彼の詩作には俳句の決定的な影響があると評論家たちは指摘しており、それがワタナベの詩作の重要な特徴とされている。コスマンは次のように述べている。（俳句なしにワタナベの詩の研究に取り組むのは不可能だ。）ワタナベ自身も自分と俳句のつながりについてしばしば言及している。インタヴューなどで、子供の頃から父親を通して俳句の影響を受けていたと語り、次のように述べている。（わたしの子供時代に父は、わたしの前で暗記した俳句を読んで聞かせ、同時にスペイン語に訳してくれた。わたしは訳された俳句をたくさん読んだ。俳句を日本語からスペイン語に訳してくれる人を探した。今でも俳句の本を集

めている。)」

また、ムース・ランディから受けたインタヴューにおいて、ワタナベは俳句について次のとおり答えている。

「(俳句についての)最初の影響は父からだった。おそらくそのため、詩作するときにその精神が無意識に出てくるのだろう。わたしは俳句を書かない。俳句を書かないけれど、おそらく、比較的長いわたしの詩に俳句の精神つまり自然そのものが詩であるという考えが染み込んでいるのではないか。詩というのは、すでに自然の中に書かれていて、わたしたちはただそれを拾い集めるだけなのだ。」

ムース・ランディは、さらに次のとおり述べているが、これは「詩はすでに自然の中に書かれている」とのワタナベの見解と符合するものである。

「ワタナベの作品の中には、動物にインスピレーションを受けた例が非常に多く、次のような例が挙げられる。イグアナ、鹿、毛虫、猫、栗鼠、盲目の鶏、蛙などである。このようにワタナベは、俳句の影響のもとに作品の題材が自然の中にあり、そこにより深い意味を探る詩作を追求するのである。この俳句の観念は、父から学んだとしている。」

動物を題材にしたワタナベの詩の中で、最も際立っているのが、「蟷螂《カマキリ》」(本書p18参照)という詩である。この詩の形式は、俳句とはおよそかけ離れた長いものであるが、この詩の作者ワタナベは、蟷螂が生殖のために行う愛の営みを俳句作者の観察眼で見つめ、写実的、視覚的に描写している。その冷静ともいえる客観性が読者に感動を与える。まさに、俳句の精神によって創造された生と死と愛の詩がここにある。ワタナベの父、春水は、常日頃子供たちに幸せなときも苦しみや悲しみの極みにいるときも、喜怒哀楽をあからさまに表してはならないと教えていた。「日本庭園」という詩(本書p116参照)には、父、春水が自らの生き方の中で身をもって示した「静寂」、「尊厳」、「謙虚」、「控えめ」など武士道や禅(仏教)などを含む「日本人性」の重要な要素が凝縮されている。

以上、日本からの移住者で、画家になりたい願望をぺルーへ移住した後も抱きつづけながら果たせず、その夢を息子ホセ・ワタナベに託した父、渡辺春水と、父の願望を引き継ぎ、画家ではないが、詩人となる過程において、詩を書くことによって自己を分析し、ナラティヴ・アイデンティティを構築したホセ・ワタナベについて書いた。それは、父と息子の生の軌跡、父が息子に与えた影響とその影響下でアイデンティティを構築した息子、ホセ・ワタナベという詩人及びアイデンティティ構築によって、ワタナベの中で重要な要素となった「日本人性」に焦点を当てつつ、「ホセ・ワタナベとその詩について」考察することであった。詩人、ホセ・ワタナベの核心にどこまで迫りえたか分からないが、意のあるところをお汲み取りいただければ幸いである。

## (3) 謝辞

本訳詩集出版により、日本の多くの読者にペルーの日系詩人、ホセ・ワタナベの詩を知らしめることの重要性をご理解いただき、出版に要する費用の一部について助成下さった、エラルド・エスカラ駐日ペルー大使閣下はじめ、在日ペルー大使館の皆様に心から感謝申し上げる。

また、本訳詩集出版に関して、ご厚意ある対応を下さった土曜美術社出版販売代表高木祐子様及び原稿にお目通しいただき、貴重なご助言等を下さった「詩と思想」編集長一色真理様に深く御礼申し上げる。

# 著者紹介

## ホセ・ワタナベ（José Watanabe）

一九四五年三月十七日、ペルー北部のラ・リベルタ州ラレドで、日本（岡山県）からの移住者の父である渡辺春水（わたなべはるみ）と、ペルー人の母パウラ・バラス・ソトとの間に生まれる。一九七〇年二十四歳の時に、詩誌『クアデルノス』主催の若手詩人コンクールで最優秀賞を受賞し国内で詩人としての評価を得て、初めての詩集『家族のアルバム』（一九七一年）を出版した。当時、大学で建築を学んでいたが、文学の道に進むと決めてからは独学で文学を学んでいった。その後、一九八六年に肺癌と診断され、ドイツで放射線治療を受け、経過観察の期間に予後抑鬱症を患い記憶障害に苦しんだ。死の恐怖、苦痛、苦悩をテーマに第二詩集『言葉の紡錘』（一九八九年）を刊行したのは、第一詩集から十八年後のことであった。予後抑鬱症を脱して快方に向かう中、詩集『博物誌』（一九九四年）、『身体の事々』（一九九九年）を刊行した。これらは肉体的なものを最も重視した作品が多く、闘病生活の経験によるものである。そして二〇〇〇年、詩選集『氷の番人』を出版し、キューバの「カサ・デ・ラス・アメリカス賞」を受賞して国際的に高い評価を受けた。その後も『われらのうちに住み給えり』（二〇〇二年）、『羽根のはえた石』（二〇〇五年）、『霧の向こうの旗』（二〇〇六年）の三詩集を刊行した。また、詩人としての活動に留まらず、バルガス・リョサの小説「都会と犬ども」の映画の脚本や、ギリシャ神話を題材にして軍事政権を批判した芝居「アンティゴナ」の翻案など様々な戯曲も執筆した。亡くなる前の数年間は子ども向けの絵本の執筆に力を注ぎ、八冊の絵本（未発表だった作品三冊が没後出版されたため、それを含めると計十一冊）を出版した。二〇〇七年四月二十五日逝去。

## 編訳者略歴

### 細野　豊（ほその　ゆたか）

一九三六年神奈川県横浜市生まれ。一九五八年東京外国語大学スペイン語科卒業。通算十七年余りラテンアメリカ諸国（メキシコ、ボリビア、ブラジル）に滞在。詩誌「日本未来派」、「ＥＲＡ」、「饗宴」同人。日本詩人クラブ、日本現代詩人会、横浜詩人会、日本文藝家協会、日本ペンクラブ会員。二〇〇九年〜一一年日本詩人クラブ理事長、二〇一三年〜一五年同クラブ会長を歴任。詩集に『悲しみの尽きるところから』（一九九三、土曜美術社出版販売）、『花狩人』（一九九六、同上）、『DIOSES EN REBELDÍA（反逆の神々）』（一九九九、メキシコ首都圏大学）、『薄笑いの仮面』（二〇〇二、書肆青樹社）、『女乗りの自転車と黒い診察鞄』（二〇一二、土曜美術社出版販売）。共訳詩集に『現代メキシコ詩集』（二〇〇四、土曜美術社出版販売）、『ロルカと二七年世代の詩人たち』（二〇〇七、同上、第八回日本詩人クラブ詩界賞）、『Antología de Poesía Contemporánea del Japón（日本現代詩集）』（二〇一一、ベネズエラ国、ロス・アンデス大学）。訳詩集に『ぼくは書きたいのに、出てくるのは泡ばかり—ペドロ・シモセ詩集』（二〇一二、現代企画室）。日西対訳詩集に『蜻蛉《あきつ》と石榴　Libélulas y Granados』（二〇一五、ダウロ社、ペドロ・エンリケスと共著）。

### 星野　由美（ほしの　ゆみ）

一九六九年東京都生まれ。一九九二年早稲田大学教育学部卒業。出版社勤務を経て一九九五年にベネズエラへ渡り、帰国後は在日中南米人向け衛星放送局、在日ペルー大使館に勤務した。現在はスペイン語圏の絵本の翻訳及び紹介につとめている。訳書に、ホセ・ワタナベの遺作となった絵本『とびきりおかしないぬ』の他、『まぼろしのおはなし』、『いいこにして、マストドン！』、『はらぺこライオン　エルネスト』、『わんわんスリッパ』がある（いずれもワールドライブラリー）。絵本紹介個人サイト「ころりん　ころらど」(http://colorin-colorado.info) を運営。

新・世界現代詩文庫 14
ペルー日系詩人 ホセ・ワタナベ詩集

発　行　二〇一六年六月三〇日　初版

著　者　ホセ・ワタナベ
編訳者　細野豊・星野由美
装　幀　長島弘幸
発行者　高木祐子
発行所　土曜美術社出版販売
〒162-0813　東京都新宿区東五軒町三—一〇
電　話　〇三—五二二九—〇七三〇
FAX　〇三—五二二九—〇七三二
振　替　〇〇一六〇—九—七五六九〇九
印刷・製本　モリモト印刷
ISBN978-4-8120-2315-0　C0198